Bianca

Susanna Carr
La elección del jeque

HARLEQUIN™

Editado por HARLEQUIN IBÉRICA, S.A.
Núñez de Balboa, 56
28001 Madrid

© 2014 Susanna Carr
© 2015 Harlequin Ibérica, S.A.
La elección del jeque, n.º 2370 - 25.2.15
Título original: Prince Hafiz's Only Vice
Publicada originalmente por Mills & Boon®, Ltd., Londres.

I.S.B.N.: 978-84-687-5532-8
Depósito legal: M-34131-2014
Editor responsable: Luis Pugni
Impresión en CPI (Barcelona)
Fecha impresion para Argentina: 24.8.15
Distribuidor exclusivo para España: LOGISTA
Distribuidor para México: CODIPLYRSA
Distribuidores para Argentina: Interior, DGP, S.A. Alvarado 2118.
Cap. Fed./Buenos Aires y Gran Buenos Aires, VACCARO HNOS.

Capítulo 1

LA FOTO de su amante estaba en la portada de todos los periódicos del quiosco.

Lacey se ajustó las gafas de sol que ocultaban unos chispeantes ojos azules y contempló el periódico más de cerca. Aunque escrito en árabe, el titular era de grandes dimensiones y, sin duda, algo importante debía de haber ocurrido. Algo que explicaría la algarabía reinante en el mercado. El príncipe Hafiz había sido nuevamente motivo de orgullo para su pueblo.

Pidió un ejemplar de la prensa inglesa mientras se preguntaba qué habría hecho el príncipe. ¿Había incrementado la fortuna de las arcas reales? ¿Había convencido a otra empresa para que se instalara en el sultanato de Rudaynah? ¿Había ganado algún premio?

Decidió que lo mejor sería esperar a llegar a su casa antes de leer el periódico y echó otro vistazo a las fotos de Hafiz que llenaban el quiosco. Tenía una expresión solemne, pero, aun así, consiguió que le entrara un cosquilleo de excitación en la piel. Resultaba de lo más irritante que ese hombre le arrancara semejante respuesta incluso desde una foto.

La imagen correspondía a una de las fotos oficiales que el palacio ofrecía periódicamente a la prensa. Pero, aunque habitual, no dejaba de llamar la atención de los lectores. Nadie podía sustraerse a los misteriosos ojos oscuros del príncipe Hafiz. Era espectacularmente guapo desde los negros cabellos hasta la estructura ósea. Las mujeres lo miraban de lejos, maravilladas ante la masculina belleza.

Aunque quizás lo que presentían era la salvaje fuerza bajo los sofisticados modales. Lacey había reconocido al instante el apetito sexual oculto bajo la despiadada contención. La mayoría de las mujeres huía de la advertencia que encerraba su gesto, pero a Lacey no hacía más que atraerla.

La implacable autodisciplina de Hafiz le había resultado fascinante, y también le había supuesto un desafío. Desde el momento en que se habían conocido, no había deseado otra cosa que arrancarle el impecable traje de rayas para descubrir los sensuales secretos que ocultaba.

Solo con pensar en él ya se sentía impaciente por regresar a su casa. Debía volver antes que él. A pesar de sus múltiples ocupaciones, siempre encontraba tiempo para visitarla al anochecer.

El llameante sol empezaba descender por el cielo del desierto. No quería tener que responder ante Hafiz si acudía a su casa y ella no estaba.

Nunca le preguntaba a qué dedicaba sus días, reflexionó ella. Al principio, esa falta de interés le incomodaba. ¿Pensaba que el tiempo se detenía para ella hasta verlo aparecer?

Había momentos en que le gustaría compartir sus planes e ideas, incluso contarle cómo le había ido, pero al final siempre se contenía. Aún no estaba preparada. Lacey quería mostrarle a Hafiz todo de lo que era capaz, demostrarle que estaba dispuesta a convertir el sultanato en su hogar permanente.

No le había resultado sencillo. Muchos días, semanas, había sentido nostalgia de su hogar. Sola y aburrida, había echado de menos su amplio círculo de amistades y alegre vida nocturna. También añoraba las comodidades básicas.

El que no le hubieran entregado el periódico en su ático aquella mañana no era sino otro agravante más, pero tampoco le sorprendía. Tras haber vivido casi seis meses en el pequeño país árabe, aún no se había acostumbrado a la intermitencia de los servicios, a los frecuentes cortes de electricidad y a la tardanza de los trabajadores en acudir a sus puestos.

Su conexión con el mundo exterior era igual de errática. Las comunicaciones solían fallar, como en esos momentos. Y, cuando funcionaban, estaban sometidas a fuertes censuras.

Desde luego, no tenía nada que ver con el estilo de vida que había disfrutado en Saint Louis, aunque tampoco se quejaba. Estaba dispuesta a renunciar a todas las comodidades a cambio de lo único que no podría tener en los Estados Unidos de América: Hafiz.

Lacey se estremeció de anticipación y pagó el periódico. Tras pronunciar unas pocas palabras en árabe, se sintió orgullosa cuando el chico del quiosco la entendió. Con timidez, se ajustó el pañuelo naranja alrededor de la cabeza.

A lo mejor ya estaba preparada para mostrarle a Hafiz todo lo que había aprendido en los últimos meses. No hablaba el idioma local con fluidez y tampoco conocía a fondo la cultura, pero empezaba a impacientarse. Ya era hora de conocer a su familia y amigos.

Lacey se mordió el labio inferior y se imaginó haciendo la petición ante Hafiz. La idea le hacía sentirse incómoda. Lo había estado demorando, pero no porque le preocupara que su familia perteneciera a la realeza. Le preocupaba estar presionándolo en exceso.

No quería tener que darle un ultimátum. La última vez que había tomado posiciones lo había perdido todo, y no estaba preparada para perder a Hafiz. A diferencia de sus padres, quienes no habían tenido problema alguno en abandonarla para perseguir un sueño, Hafiz no había sido capaz de marcharse de su lado y la había llevado con él a su hogar. Al menos, a su país.

Por mucho que deseara formar parte de la vida de Hafiz, debía ser paciente. Hafiz debía saber a qué se dedicaba, por mucho que le incomodara que otra persona tomara el mando de su vida.

Sin embargo, se encontraba en un país en el que se seguía otro código de conducta. Además, estaba enamorada del príncipe y no sabía gran cosa sobre la vida en palacio. Su introducción en el mundo del príncipe debía realizarse con delicadeza.

A Lacey le sorprendía que Hafiz fuera capaz siquiera de respirar con tantas normas, pero jamás le había oído quejarse. Los anchos hombros nunca parecían hundirse bajo el peso de las responsabilidades. Ese hombre afrontaba cada reto para alcanzar una meta que jamás ponía en duda, y seguramente no era más que el principio. Siempre tenía presentes sus obligaciones... hasta que se metía en la cama con ella. Entonces el mundo se paraba y todas las fantasías se hacían realidad.

Una sensación de placer se alojó por debajo de su estómago, bajo el negro caftán. Lacey metió el periódico inglés en la bolsa de plástico que contenía las rojas flores del desierto. Esperaba encontrar buenas noticias en el artículo puesto que le resultaba inimaginable que la prensa escribiera otra cosa que no fueran halagos.

A punto de cruzar la calle, el potente claxon de un camión le hizo regresar de un salto a la acera. Una nube de polvo rojizo cubrió sus botas y, agitando una mano, intentó apartar la suciedad de su cara. Lacey arrugó la nariz ante la desagradable mezcla de olores de animales, humos de coches y aguas residuales. El pequeño país llevaba tan solo una década de prosperidad y no pudo por menos que agradecer no haberlo conocido en sus inicios.

Recordó brevemente a Hafiz hablándole de ese país al poco de conocerse. Le había hablado con amor y orgullo sobre la rica herencia y el romanticismo del desierto. Le había descrito la música tribal y las exóticas especias que impregnaban las noches estrelladas. Al relatarle la historia de cómo el sultanato había recibido su nombre de la primera sultana, a Lacey le había parecido el más romántico de los paraísos.

Pero nunca había que fiarse de las ideas que tenían los hombres del romanticismo, decidió mientras se adentraba entre el tráfico. Los agudos timbrazos de las bicicletas se clavaron en sus oídos mientras cruzaba la calle. Tuvo que agacharse para esquivar el cabezazo de un burro y su bolsa de plástico golpeó a un hombre que colgaba del exterior de un autobús abarrotado.

Lacey corrió hacia su apartamento. Las sombras se hacían cada vez más largas y oscuras a medida que el sol se acercaba al horizonte. Saludó con una inclinación de cabeza a los guardias armados que se hallaban ante la entrada del edificio. Los hombres, con sus uniformes verde oliva, saludaron con la mano sin interrumpir sus conversaciones.

Atravesó el patio a la carrera y únicamente hizo una pausa para espantar a un insecto que zumbó delante de su rostro. Apretando los dientes, se estremeció con repulsión antes de dirigirse hacia el primer ascensor que la conduciría directamente al ático.

Pero un hombre, vestido a la manera tradicional, que esperaba ese mismo ascensor le hizo detenerse en seco. No le hizo falta verle el rostro para percibir el impenetrable muro de arrogante masculinidad, de poder y privilegios. En aquel lugar solo había un hombre que disfrutara de una vida de ilimitadas posibilidades.

–¿Hafiz? –susurró.

–¿Lacey? –el príncipe Hafiz ibn Yusuf Qadi se volvió y la miró fijamente.

Su sexy y elegante amante iba vestida con un caftán sin forma y un horrible pañuelo. No había rastro de maquillaje en el pálido rostro, pero seguía estando increíblemente hermosa.

–¿Qué haces aquí abajo? –el príncipe le quitó las gafas de sol. Necesitaba mirarla a los ojos. Siempre sabía lo que pensaba y sentía cuando miraba esos brillantes ojos azules.

Después le quitó el pañuelo dejando al descubierto una cascada de rizos cobrizos. Deseaba tocar esos cabellos. Soltarlos y permitir que los últimos rayos de sol capturaran los destellos de fuego. Hundir los dedos en la melena y besar apasionadamente los dulces labios.

Sin embargo, lentamente, dejó caer los brazos a los lados del cuerpo. No podía tocarla. Allí no, en público no. Si la rozaba siquiera un instante, ya no podría parar.

Poco le ayudó el hecho de que Lacey deseara visiblemente saludarlo con un beso. La visión de los ojos cerrados y los labios entreabiertos lo retrotrajo a la primera vez que la había visto. Aquella fatídica noche en la que había entrado en el lujoso hotel situado frente al muelle de Saint Louis.

El vestíbulo estaba abarrotado y del pequeño bar de la esquina surgía la música de un piano. Esa música había llamado su atención, pero lo que le había hecho volverse había sido la voz de la cantante. Una voz cultivada y sedosa que había espoleado su traviesa imaginación.

Y al verla, el corazón se le había estrellado contra las costillas. Lacey era una inquietante mezcla de contrastes. De aspecto inocente, su voz estaba cargada de experiencia. Los cabellos rojizos caían suaves sobre los hombros, como un velo, rozando el vestido de noche de color azul claro. Debería haber sido un vestido sencillo que le cubría desde el cuello hasta los tobillos, pero se abrazaba a cada una de las curvas de su cuerpo.

De inmediato había comprendido que esa mujer le iba a deparar problemas, pero eso no le había impedido acercarse al piano mientras ella arrancaba unas lánguidas notas de las teclas de marfil.

Con los ojos cerrados y el rostro levantado hacia el cielo, ella no le había visto acercarse.

Hafiz se obligó a regresar al presente y deslizó la mirada hacia la enorme túnica negra que ocultaba de su vista el delicioso cuerpo.

–¿Qué llevas puesto? –por algún motivo, su atuendo le molestaba.

–Yo podría preguntarte lo mismo –Lacey abrió los ojos y apoyó las manos en las caderas, indicándole de paso la localización de las suaves curvas–. Nunca te había visto vestido así, como si estuvieras recién salido de *Lawrence de Arabia*.

La voz gutural y el brillo de los ojos de la joven estaban cargados de deseo. Y cada vez que lo miraba así la piel del príncipe entraba en combustión. ¿Cómo conseguía ponerlo en ese estado sin siquiera tocarlo?

Podría acorralarla contra el discreto rincón y amortiguar los gritos de éxtasis con su boca. Hafiz sacudió la cabeza. ¿En qué estaba pensando? Lo último que quería era que el sultán descubriese que tenía una amante viviendo a la sombra del palacio.

–Es una *dishdasha* –explicó secamente, aún intentando contener la lujuria–. Lo llevo cuando ejerzo mis funciones reales. Y ahora explícame qué haces aquí fuera, y sola.

–He ido de compras –ella sostuvo la bolsa de plástico en el aire y agitó su contenido.

–De compras –repitió él.

–Sí. Y me visto así cada vez que salgo del apartamento –Lacey deslizó una mano por la túnica–. Ya sé que Rudaynah solo pide a los turistas que vistan con decoro, pero tampoco estoy segura de hallarme en esa categoría. No soy exactamente una turista, pero tampoco residente.

¿Cada vez que salía del apartamento? Hafiz apenas oyó el resto de la explicación de la joven. ¿No era la primera vez? ¿Lo hacía por costumbre? ¿Adónde iba? ¿Y con quién?

No era con un hombre, sabía que podía confiar en ella. Se había enamorado de él aquella primera noche y no había motivos para dudar.

No obstante, no le gustaba la posibilidad de que llevara una vida paralela. Él debía ser el centro de su vida.

–¿Cada vez que sales? –preguntó con el ceño fruncido–. ¿Con qué frecuencia sales?

–No tienes motivos para preocuparte –la sonrisa de Lacey se desvaneció–. ¿O acaso lo que te preocupa es que me encuentre con algún pariente o amigo tuyo?

Hafiz captó la impaciencia en su voz y cedió al deseo de tocarla y hundir las manos en sus cabellos. Necesitaba sentir la conexión que vibraba entre ellos.

–Yo creía que pasabas el día tocando tu música –Hafiz posó una mano en el delicado cuello.

–¿Mientras sueño contigo?

–Por supuesto –él sonrió.

–Soy perfectamente capaz de soñar contigo mientras voy de compras. Tengo ese don.

–No –le espetó él secamente–. Basta de discusiones. No conoces el idioma de este país.

–¿Y cómo se supone que voy a aprenderlo si no salgo y...?

–Tienes sirvientes que pueden hacer la compra por ti. Sí, sí –el príncipe alzó una mano en el aire–. Ya me lo has dicho. No te sientes cómoda con sirvientes. Pero están aquí para cuidarte.

–No puedes mantenerme oculta siempre –insistió ella mientras apoyaba una mano en el fuerte torso–. No soy *Rapunzel*.

–Lo sé –asintió él resignado. No era la primera vez que le mencionaba ese cuento europeo. Una vez le había contado la historia a grandes rasgos, pero tenía la idea de leerlo algún día, por si encerraba algo más que debería saber.

Lacey se apoyó contra la pared y suspiró. Hafiz colocó las manos a ambos lados de la melena rojiza. Miró la dulce boca y sus labios ardieron por el deseo de besarla.

Pero no podía acercarse más de lo que ya lo había hecho.

–Hafiz, estamos fuera –le recordó ella–. No deberías estar tan cerca de mí.

El príncipe lo sabía, pero no podía parar. Esa mujer era su único vicio y se confesaba totalmente adicto. Cada día lo arriesgaba todo por estar junto a ella. Pero todo aquello pronto acabaría.

Inclinó la cabeza, pero se detuvo bruscamente. Hafiz permaneció quieto sin apartar la vista de los labios de Lacey. La agitada respiración de ambos resonaba en sus oídos. Un beso podría proporcionarle paz, o encender una hoguera. Cada beso conduciría al siguiente.

Como si estuviera en trance, Hafiz le acarició el ceño fruncido y la mejilla, y deseó poder sustituir la mano por sus labios. Tragó nerviosamente y recordó el sabor de esa piel.

No debería estar con ella. Peor aún, no debería siquiera desear estar con ella. Lacey Maxwell le estaba prohibida.

Desear a Lacey iba en contra de todas las enseñanzas recibidas. Únicamente debería buscar mujeres honradas y castas de entre las más hermosas del sultanato. Pero la única mujer que veía era Lacey.

Era una mujer valiente y hermosa que, en lugar de ocultar sus curvas, alardeaba de su cuerpo. Tampoco se avergonzaba de su evidente deseo por él. Lacey alimentaba su lado más salvaje.

El sonido de los latidos de su propio corazón le resonó en los oídos mientras acariciaba el rostro de la joven. Se moría de ganas de deslizar esa mano bajo el caftán. Deseaba oír su respiración convertida en gemidos y susurros.

Pero eso sería muy imprudente. Hafiz deslizó el pulgar por los sensuales labios, dibujando la silueta de su boca.

Lacey apartó el rostro, pero él le sujetó la barbilla y la detuvo. Con un gruñido de rendición, se inclinó para reclamar esos labios.

—Hafiz —susurró ella desesperada—. Van a vernos.

Esa frase tenía el poder de helarle la sangre en las venas como ninguna otra. Con la respiración agitada, refrenó su impulso de huir hacia delante y se apartó.

—Deberíamos subir antes de que alguno de los vecinos me vea —Lacey se cubrió con el pañuelo.

—No me gusta verte tapada así —el príncipe la ayudó a esconder los hermosos rizos. Instintivamente rechazaba ocultar la cautivadora belleza de Lacey.

—Créeme, a mí tampoco me gusta. Esto es lo más parecido a un horno, pero me vuelve invisible.

—Lacey, tú nunca podrías ser invisible —él la miró incrédulo.

Lacey le obsequió con una deslumbrante sonrisa y sus mejillas se colorearon de placer, como si acabara de dedicarle el más atrevido de los cumplidos.

–Quítate el pañuelo –insistió él–. Nadie va a verte. Todo el mundo está en el rezo.

Hafiz no entendía por qué odiaba ese pañuelo y las gafas de sol hasta el punto de estar dispuesto a arriesgarse a que fueran descubiertos. Agarrándola del brazo, la atrajo hacia sí.

–No estés tan seguro. La gente de la calle parecía estar a punto de celebrar algo. No sé por qué...

La bolsa de plástico cayó al suelo y Lacey se agachó para recuperar el contenido. El agudo grito paralizó al príncipe.

–¿Lacey? –Hafiz miró hacia el suelo cubierto de flores rojas, todas intactas. Casi estuvo a punto de pasar por alto el periódico inglés con su foto en primera página. El titular destacado lo inundó de desesperación.

El príncipe Hafiz anuncia su boda.

Capítulo 2

LACEY se quedó mirando fijamente el anuncio de compromiso.

–¿Boda? –susurró mientras una mirada salvaje se posaba en el rostro de Hafiz–. ¿Vas a casarte?

Esperó en una larga agonía la respuesta de ese hombre que se alzaba sobre ella, alto e intimidante. De repente un extraño.

–Sí –contestó él al fin.

–Yo no... yo no... –el mundo de Lacey parecía girar en una continua espiral. De nuevo leyó el titular, pero su visión le resultaba demasiado dolorosa. Apresuradamente metió las flores y el periódico en la bolsa.

Sus manos temblaban de ira y algo muy parecido al miedo se agitaba en su interior. Miedo a perderlo todo. Pura ira ante la idea de que Hafiz estuviera con otra mujer. Una ira que amenazaba con desbordarla. Quería gritar ante la injusticia y clavar las uñas en algo. Reclamar sus derechos. Hafiz le pertenecía.

–Has estado con otra mujer –no se lo podía creer–. Todo este tiempo has estado con otra.

–No –Hafiz entornó los ojos ante la acusación–. Desde que nos conocimos hace un año en Saint Louis, tú has sido la única mujer para mí.

¿Era la única mujer, pero se iba a casar con otra?

–Entonces, ¿cómo...? No lo comprendo.

–He conocido a la novia hoy y ella estuvo de acuerdo –el príncipe se agarró las manos a la espalda.

–¿Acabas de conocerla? –Lacey lo miró boquiabierta–. O sea, que se trata de una boda concertada.

–Por supuesto –él soltó una amarga carcajada.

–Entonces, ¿qué problema hay? –preguntó ella con voz temblorosa–. Rechaza el matrimonio.

–No puedo –contestó Hafiz con pesar mientras apartaba la mirada.

Lacey quiso dar una patada en el suelo y exigir una respuesta mejor, pero sabía que no la obtendría. No cuando el rostro del príncipe estaba cubierto por esa máscara de hermetismo.

–No eres el príncipe heredero –protestó ella–, aunque no lo entiendo puesto que eres el primogénito, pero eso significa que disfrutas de mayor libertad.

–Te lo explicaré por última vez –Hafiz cerró los ojos hastiado–. El sultán elige a la siguiente línea de sucesión al trono. Mi padre eligió a mi hermano. Y no, aunque nunca llegaré a reinar no disfruto de mayor libertad. En mi caso, tengo aún menos libertad.

–No deberías haber accedido a casarte con esa mujer –Lacey se negaba a escuchar. Las emociones contenidas le obstruían la garganta.

–He dado mi consentimiento –insistió él con dulzura–. No puedo retractarme.

¿Y qué pasaba con las promesas que le había hecho a ella? Promesas sobre permanecer juntos. ¿Esas promesas no importaban? ¿Ella no importaba?

–¿Por qué has accedido? –ella sujetó la bolsa de plástico contra el pecho, aunque hubiera preferido sujetar algo más fuerte y sólido, algo como Hafiz, hasta que pasara la tormenta emocional–. Deberías haberte negado.

–En esta ocasión no pude hacerlo –el príncipe temió haber revelado demasiado.

–¿En esta ocasión? –Lacey lo miró con desconfianza–. ¿Cuánto tiempo llevas buscando esposa?

–¿No podríamos discutirlo en otro lugar? –le espetó él–. Subamos al apartamento –la empujó hacia el ascensor con mano firme y pulsó el botón de llamada mientras ella miraba al vacío, como si su cerebro hubiera perdido la capacidad para registrar los actos más cotidianos.

–Te casas –repitió mientras sacudía la cabeza–. No me lo puedo creer. ¿Por qué no me lo dijiste?

–Te lo estoy diciendo –Hafiz mantuvo los ojos fijos en los luminosos de las plantas.

–Ahora, después de que todo esté zanjado –no se molestó en ocultar la acusación de su voz.

–No exactamente, aunque no se ha hecho oficial hasta esta mañana –él la miró–. Quería decírtelo antes de que lo descubrieras por alguna otra fuente.

–Qué considerado por tu parte –eso explicaba la ausencia de prensa ante su puerta. Hafiz se sobresaltó ante el amargo sarcasmo, pero a ella no le importó. Iba a casarse. Con otra. Sintió como si le apuñalaran el corazón–. ¿Cuándo será la boda?

–Después del Eid –la respuesta quedó casi ahogada por el timbre del ascensor.

Eid. Si no recordaba mal, era una fiesta que sucedía al Ramadán.

–¿En tres meses? –se aventuró a adivinar.

–Más o menos.

Lacey entró en el ascensor, con la cabeza dándole vueltas. Tres meses. Solo le quedaban tres meses con Hafiz.

Pero ¿en qué estaba pensando? Ya no le quedaba más tiempo. Por Dios que no sería lo bastante fuerte para aguantarlo. Iba a romperse del dolor. Hafiz era un hombre prometido. Estaba fuera de su alcance. Y no había tenido tiempo para prepararse.

De repente sintió la boca muy seca e instintivamente contuvo los sollozos que amenazaban con estallar.

–Deberías haberme contado que buscabas esposa.

–No la buscaba. No tengo el menor interés en casarme y lo he aplazado todo lo que he podido.

Lacey se sintió espantada. ¿Hafiz no tenía ningún interés en casarse? ¿Ni siquiera con ella? Si eso era así, ¿qué significaban los últimos seis meses?

–Eran mis padres los que me buscaban esposa –le explicó él.

–Pero tú estabas al corriente –protestó Lacey–. Sabías lo que iba a ocurrir.

Hafiz se mantuvo en silencio mientras pulsaba insistentemente el botón del ático.

–¿Cuánto tiempo llevan buscando? –una parte de ella quería saberlo mientras que otra deseaba negar que todo aquello estuviera sucediendo.

El príncipe siguió callado, con la mandíbula apretada. Durante unos segundos, ella pensó que no le había oído y estaba a punto de repetir la pregunta cuando obtuvo la respuesta.

–Un par de años.

–Un par... ¿de años? –tenía que haberlo entendido mal–. La primera vez que me viste, cuando te declaraste, ¿estabas en el mercado? ¿Y nunca encontraste el momento para comentármelo?

«¿Y por qué iba a tener que hacerlo?», pensó Lacey con amargura. Nunca la había tenido en cuenta como una posible candidata. No era más que un poco de diversión. Una distracción. ¡Qué estúpida había sido!

–Las negociaciones matrimoniales son delicadas y complejas –le explicó él con impaciencia–. Podría haber llevado incluso más tiempo encontrar una candidata adecuada.

«Adecuada». Lacey dio un respingo. Era una palabra en código para designar los genes apropiados y la formación apropiada de una familia apropiada. Nada que ver con una estadounidense de ojos azules, cantante de un club nocturno.

Ah, y «adecuada», también hacía referencia a alguien pura y virgen. No debía olvidarlo jamás.

–No me lo mencionaste ni una sola vez –la injusticia de todo aquello alcanzó unas proporciones de gran magnitud–, a pesar de que yo renuncié a toda mi vida para seguirte –insistió ella con voz cada vez más aguda–. Me trasladé a la otra punta del mundo, a este infierno...

–El sultanato de Rudaynah no es un infierno –rugió él.

–Vivo aquí solo para tu placer. ¡Y ni siquiera tienes la decencia de contarme que vas a casarte!

–Cálmate –Hafiz hizo un gesto con la mano en el aire.

–¿Que me calme? –aquel era un momento tan bueno como cualquier otro para vociferar a rienda suelta–. ¡Que me calme! No, no me calmo. El hombre que amo, el hombre por el que lo he sacrificado todo, me está rechazando –siseó con las mejillas ardientes de rabia–. Créeme, este no es momento para calmarse.

Hafiz intentó agarrarla, pero Lacey lo apartó mientras luchaba contra la necesidad de hundir el rostro en el fornido torso y llorar.

–No te estoy rechazando, maldita sea. ¿Cómo iba a hacer tal cosa? –los oscuros ojos suplicaban comprensión–. Eres lo mejor que me ha pasado nunca.

Lacey desvió la mirada. Necesitaba apoyarse contra algo, pues las rodillas apenas la sostenían. Un inquietante zumbido llenaba su cabeza y respiraba entrecortadamente.

Mientras el ascensor proseguía su ascenso, comprendió al fin que Hafiz debía de estar tan traumatizado como ella por los acontecimientos. Había soltado un juramento, y Hafiz nunca juraba. Él siempre controlaba la situación y su entorno con la misma voluntad de hierro con la que controlaba su temperamento.

En realidad, se controlaba a sí mismo. Ese hombre jamás bebía ni apostaba. No cometía excesos. Su musculatura era la de un atleta bien entrenado. Apenas dormía, demasiado ocupado en mejorar las condiciones de vida de Rudaynah. Cuando no estaba dedicado a sus deberes reales y patriotas, cumplía con las obligaciones familiares. Incluso se casaba por decisión de sus padres.

Solo perdía el control cuando estaban en la cama. Lacey dio un respingo mientras la primera lágrima ardiente resbalaba por su mejilla.

La primera de muchas que siguieron como un torrente. ¿Cómo se le había ocurrido pensar que Hafiz podría contemplar un futuro con ella? No había mencionado ni una sola vez la posibilidad de un final feliz. Ni una sola vez había salido de sus labios la palabra «matrimonio».

Pero el sueño se había fraguado en lo más profundo de su corazón. Había sido muy ingenua al pensar que lo único que necesitaba era paciencia, que trasladándose hasta allí se adentraría lentamente en la cultura de ese lugar hasta llegar a aparecer públicamente junto a Hafiz.

Sin embargo, ese sueño había muerto desde el instante en que Hafiz se había prometido a otra. Lacey dio un respingo al comprender plenamente el significado de todo aquello. La negrura contra la que había estado luchando invadió su mente.

Prometido a otra...

El zumbido se hizo más fuerte hasta casi eclipsar el grito de alarma de Hafiz.

–¡Lacey! –Hafiz la atrapó cuando estaba a punto de caer al suelo. Quitándole el pañuelo, le recostó la cabeza contra su hombro. Estaba muy pálida y tenía el rostro bañado en sudor–. Lacey –repitió mientras le daba unos golpecitos en la mejilla.

–Hace mucho calor –ella pestañeó repetidamente.

–Yo te cuidaré –el príncipe la abrazó con fuerza. Jamás la iba a abandonar.

El ascensor al fin llegó a la última planta. Hafiz la miró con atención. Las piernas colgaban flácidas exponiendo una piel de marfil. Si alguien les pillaba que así fuera. La seguridad de Lacey era primordial. Salió del ascensor con ella en brazos y se dirigió hacia el apartamento.

El sol estaba a punto de ponerse y el cielo se hallaba bañado de rojos y violetas. A lo lejos se oían los rezos que surgían de un altavoz. Hafiz no vio a nadie en el patio central, aunque en cualquier momento alguien podría salir de su casa.

Sin el menor esfuerzo, llevó a Lacey en brazos hasta la puerta del apartamento. Ella apenas pesaba. Contempló de nuevo su rostro y la fragilidad que desprendía lo golpeó como un puño.

No era la primera vez que dudaba de su decisión de llevarse a su amante a Rudaynah. Vivir oculta se cobraba su precio. ¿Cómo no lo había visto antes? ¿No había querido verlo?

–Estoy bien –Lacey se movió, repentinamente consciente de su escrutinio.

–No, no lo estás –el príncipe se apoyó contra el timbre y esperó a que el sirviente estadounidense, vestido con una camiseta y pantalones militares, abriera la puerta.

–¡Alteza! ¿Qué ha sucedido? –preguntó Glenn, aunque en su rostro no se reflejaba alarma alguna. Su atlético cuerpo, producto de años de entrenamiento militar, vibró dispuesto a actuar ante la primera orden de su jefe.

–No pasa nada, se ha desmayado por culpa del calor –Hafiz se quitó las sandalias y entró en la casa–. La llevaré a la ducha. Que tu esposa prepare algo frío y dulce para que se lo beba.

–Lo siento, Alteza –Glenn se revolvió los cabellos–. Ella insistió...

–No pasa nada –repitió él por encima del hombro mientras se dirigía al dormitorio principal–. Lacey siempre ha tenido problemas para seguir las normas.

–Aún no estoy muerta –anunció Lacey con los ojos cerrados–. Lo he oído todo.

–Mejor, porque no quiero que vuelvas a salir sin Glenn –contestó Hafiz en la enorme habitación donde tantas horas había pasado explorando el cuerpo de Lacey y revelándole los más recónditos secretos de su corazón. Pero en esa ocasión, las sedas y los enormes almohadones no le incendiaron la sangre. Quería que Lacey se acostara y permaneciera en la cama hasta haber recuperado la energía–. Es tu guardaespaldas y...

–Y, si alguien hace alguna pregunta, debe comportarse como mi pareja porque en este país las mujeres no pueden viajar solas –Lacey concluyó la frase con tono monótono–. Ya lo sé.

–Pues que no vuelva a suceder –con el pie descalzo, Hafiz abrió la puerta del cuarto de baño y encendió la luz.

–No volverá a suceder.

La determinación de la voz de Lacey hizo dudar al príncipe, que la miró de reojo mientras la dejaba en el suelo. Por primera vez no fue capaz de leer nada en su expresión. Normalmente, los ojos azules se oscurecían de indignación, brillaban de deseo y chispeaban con cualquier otra emoción. Su repentino cambio de comportamiento lo confundía.

–¿Te mantienes de pie? –Hafiz deseaba abrazarla

hasta poder interpretar sus gestos, pero Lacey tenía otras ideas y se apartó de él.

–Sí –dando un paso atrás, ella se quitó las botas con una inusual falta de energía.

Hafiz mantuvo una mano extendida por si tenía que agarrarla y abrió el grifo de la ducha y se volvió hacia ella para ayudarla a quitarse el caftán.

–¡Lacey! –exclamó de nuevo al ver el delicado cuerpo vestido únicamente con la ropa interior de color melocotón. Su cuerpo reaccionó de inmediato y dejó caer la pesada túnica al suelo.

–¿Qué? –Lacey se miró los brazos y las piernas–. ¿Qué sucede?

–Se supone que deberías llevar varias capas de ropa bajo el caftán –Hafiz se aclaró la garganta y le desabrochó el sujetador, rozándole los pechos con los temblorosos nudillos. Parecía un adolescente.

–¿Estás de broma? –ella se quitó lentamente las medias–. Me cocería viva.

Hafiz la observó desprenderse de la ropa interior. Desde ese día ya no volvería a mirar del mismo modo a las mujeres vestidas con caftán.

–¿Y si te hubieran descubierto?

–Imposible, solo tú tienes el valor de acercarte tanto –ella enarcó una ceja.

–Métete bajo la ducha –si por él fuera, nadie más se acercaría a esa mujer.

–¡Ay! –exclamó ella al sentir el agua helada sobre el cuerpo–. Está muy fría.

–Enseguida te acostumbrarás –contestó Hafiz empleando las mismas palabras que utilizaba cada vez que ella se quejaba de la falta de agua caliente. La familiaridad lo relajó, aunque la visión de los erectos pezones le nubló el cerebro.

–Ya puedes marcharte –balbuceó ella mientras probaba de nuevo el agua con la punta del pie.

–No quiero que te desmayes en la ducha –Hafiz se apoyó contra la puerta y se cruzó de brazos.

–No lo haré. Y ahora márchate antes de que tu túnica real se empape –insistió ella.

No le faltaba razón. El cuarto de baño, que ya parecía una sauna, poseía el diseño tradicional de Rudaynah, con la excepción del inodoro europeo. El suelo de cemento tenía un desagüe y también se utilizaba como plato de ducha. Dado que no había cortina ni mampara, el agua salpicaba hasta el último rincón.

–Si estás segura... –Hafiz le dedicó una traviesa sonrisa–. Aunque también podría quitármela.

–No me cabe duda –ella lo miró furiosa.

La sonrisa del príncipe desapareció ante el evidente rechazo. No debería haberlo sugerido.

–Te espero fuera –anunció al fin mientras ella hundía el rostro bajo la ducha.

Al salir del cuarto de baño estuvo a punto de chocar con la doncella, que entraba en el dormitorio con una pequeña bandeja que contenía un zumo helado y un plato con higos y dátiles.

–¿Cómo está? –preguntó Annette–. ¿Hay que llamar al médico?

–No, no está enferma –la incrédula mirada de la mujer lo irritaba. Si pensara realmente que Lacey necesitaba un médico, habría llamado a ese doctor estadounidense que había comprendido que el favor de un príncipe valía más que el dinero en ese país.

Además, se trataba de un facultativo de primera fila y totalmente al día en los adelantos médicos. Hafiz lo había comprobado en persona cuando Lacey, al poco de llegar al país, había bebido agua sin purificar. Había vivido una horrible semana y el príncipe había insistido en que recibiera la mejor de las atenciones.

–Ha sufrido un golpe de calor –le explicó a la doncella–. La ducha le está sentando muy bien.

–Nos deshicimos de los periódicos, tal y como nos ordenó, pero no se nos ocurrió que Lacey decidiera salir de casa a comprar uno –la mujer retorció la tela del vestido amarillo en sus nerviosas manos y miró con preocupación hacia la puerta del cuarto de baño.

–No ha sido culpa de nadie –si acaso había algún culpable era él. Debería haber preparado a Lacey para la posibilidad de una boda, pero se había aferrado a la esperanza de que la novia elegida lo rechazara–. Por favor, búscale algo ligero para vestirse.

–Por supuesto –la doncella abrió las puertas del armario, revelando unas prendas de algodón en todos los colores del arcoíris.

Hafiz se dirigió a la sala de estar e intentó recuperar la paz que siempre solía sentir al entrar en esa casa. Decorada con una ecléctica mezcla de mesas de madera labrada al más puro estilo del país, los sofás correspondían plenamente al mundo occidental. Lacey había aportado su personalidad con brillantes alfombras étnicas y pinturas llenas de colorido de artistas locales.

El apartamento era más que un hogar. Era el edén, el único sitio en el que podía sentir tanto pasión como paz. El único lugar del mundo en el que experimentaba el amor incondicional.

El príncipe se sentó ante el piano que dominaba la estancia. Su traslado al país había resultado enormemente dificultoso. Que un afinador acudiera en avión cada dos meses tampoco era sencillo, pero ver la alegría de Lacey y escuchar su música hacía que todo mereciera la pena.

Pasó un dedo por las partituras. Esa mujer tenía talento. Se lo había dicho en numerosas ocasiones, pero ella siempre sacudía la cabeza en desacuerdo. La música era una gran parte de su vida, pero no quería obsesionarse, como les había sucedido a sus padres, que seguían buscando su gran éxito. Ella no compartía ese deseo.

Por tanto, Lacey había concentrado toda su pasión en él. ¿Le hacía eso sentirse menos culpable por habérsela llevado a su país? ¿Se sentía menos culpable porque ella no tenía interés en seguir una carrera musical, porque no tenía lazos familiares?

Hafiz consideró las preguntas mientras se acercaba al balcón que dominaba el Golfo Pérsico. Desde luego todo eso había facilitado el hecho de que le pidiera que lo abandonara todo para seguirlo, que se encerrara en el apartamento y esperara sus eventuales visitas. Hasta ese día no se había quejado.

Y, sin embargo, había tenido todo el derecho a quejarse. Él lo había arriesgado todo para poder pasar más tiempo con Lacey. Mantenían una relación prohibida. Una relación que a partir de ese día se había convertido en imposible.

Pero en el vocabulario de Hafiz no cabía esa palabra y no estaba dispuesto a que la prohibición invadiera su vida con Lacey.

–¿Todavía estás aquí? –preguntó ella de pie en la puerta.

El príncipe se volvió. Lacey tenía los cabellos mojados y llevaba puesto un caftán de algodón rosa que se pegaba a su húmeda piel. La tela estaba entretejida con hilos dorados.

–¿Te encuentras mejor? –preguntó él.

–Mucho mejor. Ya puedes marcharte –Lacey se dirigió hacia la puerta de entrada.

–Lacey, tenemos que hablar.

–En efecto, pero ahora mismo no me apetece –ella

posó una mano en el grueso picaporte–. Tú has tenido años para pensar en todo esto. Yo he tenido menos de una hora.

–Lacey... –Hafiz atravesó la estancia y se paró frente a ella, dispuesto a borrar su ira y enjugarle las lágrimas.

–Quiero que te marches –insistió ella mientras abría la puerta.

Los hombros de Hafiz evidenciaban la tensión que sentía. Su instinto le aconsejaba quedarse, pero sabía que ella tenía razón. Habían cambiado de roles, ella convirtiéndose en la más calmada y él en un torrente de impulsivas emociones. Aquello no le gustaba.

–Vendré mañana después del trabajo –asintió al fin mientras se inclinaba para darle un casto beso en la mejilla.

–No lo hagas –ella apartó bruscamente el rostro.

–¿Qué dices? –a Hafiz se le paró el corazón. Ella nunca lo había rechazado.

–No deberías tocarme –susurró Lacey–. En el instante en que te prometiste, en el instante en que elegiste a otra, dejamos de existir como pareja.

–No hablas en serio –Hafiz le sujetó la barbilla con una mano mirándola fijamente.

–Muy en serio.

–Es evidente que sigues traumatizada por el desmayo –el príncipe intentó contener una creciente sensación de pánico.

–Al contrario, pienso con mucha claridad –Lacey se apartó de él–. Has elegido –dando un paso hacia atrás, se escudó detrás de la puerta–. Y esta es mi elección.

–Vas a lamentar tus palabras. No puedes echarme de tu vida –el príncipe se acercó a ella, dispuesto a demostrárselo.

–¿De verdad quieres que monte una escena para conseguir que te marches? –la mirada de Lacey era tan fría que habría congelado el aire del desierto.

La amenaza lo pilló por sorpresa. Eso no era propio de ella. Lacey conocía todos sus puntos débiles, pero siempre lo había protegido. Sin embargo, estaba tan enfadada que empezaba a convertirse en una mujer peligrosa.

¿Sería capaz de lastimarlo porque iba a casarse con otra mujer? No, Lacey no. Ella le era fiel, pero eso era cuando creía que no tenía ninguna rival. ¿Cómo podía convencerla de que ese matrimonio lo era únicamente sobre el papel?

–Volveré –decidido a cambiar de estrategia, Hafiz se calzó–. Y me estarás esperando.

–No me digas lo que tengo que hacer –los ojos azules centelleaban desafiantes–. No tienes ningún derecho.

–Todavía me perteneces, Lacey –anunció él–. Y nada ni nadie cambiará eso.

Capítulo 3

LA TÚNICA blanca le golpeaba furiosamente las piernas a Hafiz mientras irrumpía en su despacho. Hubiera preferido encontrarse en cualquier otro lugar, si bien las lúgubres sombras palaciegas eran una buena compañía para su estado de ánimo.

–Alteza –su secretario personal colgó apresuradamente el teléfono antes de hacerle una reverencia que a punto estuvo de quebrarle los huesos–. Su Majestad desea hablar con usted.

Hafiz apretó la mandíbula invadido por el temor. El día no podría ir peor. El sultán no llamaba a su hijo mayor a no ser que se hubiera producido algún suceso desagradable.

–¿Cuándo solicitó verme?

–Hace diez minutos, Alteza –contestó el otro hombre con la mirada fija en la alfombra persa–. Le llamé al móvil y le dejé varios mensajes.

Había apagado el móvil para no ceder al abrumador impulso de llamar a Lacey. Su alarde de confianza en que ella fuera a cumplir sus órdenes iba a salirle caro. Quería rugir de frustración, pero necesitaba conservar la calma y permanecer centrado ante el sultán.

El príncipe comprobó su aspecto en el espejo de cantos dorados. No se le ocurría nada que hubiera podido ofender al sultán Yusuf, pero el monarca no necesitaba escarbar mucho para encontrar algo que no le gustara de su primogénito. Incapaz de retrasar lo inevitable, Hafiz se cuadró de hombros y se dirigió a las oficinas de palacio.

Entró en la suite del sultán y permaneció respetuosamente de pie ante la puerta donde esperó a ser anunciado. Mientras uno de los secretarios corría hacia el enorme escritorio de madera para transmitir el mensaje al sultán, Hafiz empezó a ser cada vez más consciente de las miradas de reojo y la creciente tensión. Con suma frialdad miró a cada uno de los empleados a los ojos hasta que todos bajaron la mirada en señal de respeto.

El sultán despidió a sus secretarios con un gesto de la mano y los hombres salieron corriendo del despacho con una expresión de alivio que acrecentó la inquietud en el príncipe.

Yusuf permaneció sentado, leyendo una nota escrita sobre un grueso papel.

—Hafiz —saludó al fin a su hijo.

—Majestad —el príncipe se acercó a su padre y lo saludó con una breve inclinación de cabeza.

—Siéntate —el sultán arrojó los papeles a un lado de la mesa.

Su hijo obedeció y tomó asiento en una silla al otro lado del escritorio. La tradición mandaba que debía mantener la cabeza baja y la mirada apartada. Nunca se le habían dado bien las tradiciones.

El hombre mayor se reclinó en el asiento y estudió a Hafiz. Ni el menor atisbo de afecto surcó su expresión.

—Eres muy afortunado de que la hija de Abdullah haya accedido a casarse contigo.

La fortuna no tenía nada que ver con aquello. No importaba quién fuera la novia. Se casaba con esa mujer por dos motivos. Era su deber real y otro paso más hacia la redención.

—Esa chica conoce tu... —el rey separó las manos—, desperdiciada juventud. Y su familia también.

Hafiz apretó los dientes y ordenó a sus manos que no se movieran de las rodillas. No iba a responder. No iba a permitir que su padre le hiciera perder los nervios.

–A medida que se acerque la fecha de la boda, van a aprovecharse de esa información. La dote ni siquiera es merecedora de un príncipe. Tenemos suerte de que no hayan exigido una compensación.

Hafiz permanecía en silencio, con los dientes a punto de rompérsele.

–¿No tienes nada que decir, Hafiz?

Lo tenía, pero la mayor parte no podía expresarse en voz alta.

–Lamento que mi pasado siga perjudicando a nuestra familia –su pesar era profundo y sincero.

Nada podría borrar el sufrimiento que había causado a Rudaynah y eso lo destrozaba. Su vida debía consagrarse a evitar cualquier sufrimiento futuro causado por su parte.

–Yo también –el sultán Yusuf suspiró–. Te cuento esto porque espero muchas maniobras por parte de la familia Abdullah –chasqueó los labios con desagrado al mencionar a su futura familia política–. Cualquiera de los parientes masculinos podría engañarte. Convencerte para que aceptes una dote menor. Afirmar que hiciste una promesa cuando no hubo ninguna.

La irritación se acumuló en el pecho de Hafiz. Gracias a años de práctica, su expresión no dejaba traslucir sus sentimientos. Era capaz de negociar contratos multimillonarios, delicados acuerdos internacionales y multiplicar por diez la riqueza de su país. Pero su familia nunca reconocía sus logros. Ellos solo se acordaban de sus errores.

–No tendrás ningún contacto con la familia Abdullah –le ordenó su padre–. Todas las peticiones deberán dirigirse a mi despacho. ¿Lo has entendido, Hafiz?

–Sí, Majestad –esa orden no le iba a costar cumplirla. Si ese era el propósito de la reunión, Hafiz se preguntó por qué no se lo habría enviado por escrito en una nota en lugar de hablar con él.

–A fin de cuentas –continuó Yusuf–. Tu madre y yo no podemos soportar otro escándalo tuyo.

El príncipe cerró los ojos, embargado por el dolor. Debería habérselo figurado.

–Este matrimonio debe celebrarse –el sultán dio un autoritario golpe sobre la mesa que resonó en la cabeza de su hijo–. Si se rompe el compromiso, será una vergüenza para la familia.

Y avergonzar a la familia era su especialidad. Su padre no lo había dicho, pero Hafiz lo oyó perfectamente en sus gestos. No era nada nuevo.

–Ya has perdido tu derecho al trono por tus malas decisiones –le censuró con brutal franqueza–. Si mancillas este acuerdo, me encargaré de desposeerte de todo lo que te es querido.

¿De verdad creía su padre que sería capaz de sabotear el acuerdo matrimonial? Hafiz se sentía estupefacto. ¿No le había demostrado ya con creces que era capaz de sacrificar sus deseos personales por el bien del país?

–Pero, si no impides esta boda –su padre hizo una pausa–, te concederé lo que más deseas.

Hafiz dio un respingo y su mente voló directamente hasta Lacey mientras una ardiente sensación de pánico lo cegaba. ¿Lo sabía?

–Si te casas con la mujer que he elegido, volverás a ser el heredero al trono.

Lacey deslizó los dedos sobre las teclas de marfil del piano, pero no tocó ni una nota. No podía. La música había quedado silenciada dentro de ella.

Glenn y Annette hacía horas que se habían retirado, pero ella no conseguía dormir por mucho que lo intentara. Se sentía débil y agotada, y su mente ansiaba el olvido.

¿Qué le pasaba? ¿Por qué la abandonaban con tanta facilidad? Primero sus padres, luego Hafiz.

Siempre se había aferrado a la convicción de que habría estado unida a sus padres si se la hubieran llevado con ellos en sus viajes. Así habrían recordado sus cumpleaños y ocasiones especiales. No la habrían olvidado ni dejado sola accidentalmente durante las vacaciones escolares. Si no la hubieran enviado a vivir con parientes lejanos o amigos de la familia, mantendría alguna relación con ellos.

Pero al fin había comprendido que sus padres no habían tenido toda la culpa. Definitivamente había algo mal en ella. Poco importaba su entrega en el amor, jamás lo recibía a cambio. Era una persona a la que no se podía amar.

Caminó hasta el balcón y se asomó. No se veía ni una sola luz. Todo era silencio y vacío.

Ojalá su mente pudiera estar igual de silenciosa. Apoyó la frente en el frío ventanal. En cuanto Hafiz se hubo marchado, su mente se había poblado de pensamientos y temores fragmentados. Las preguntas giraban en su cabeza como un torbellino y había permanecido horas con la mirada fija en las paredes.

Por mucho que la doncella la había tentado con comida, se había negado a comer. Tenía la garganta hinchada e irritada de tanto llorar y estaba segura de que se ahogaría con el más pequeño de los bocados. Alimentarse no significaba nada para ella y se había acurrucado en el lado de la cama de Hafiz, donde había ahogado los sollozos con la almohada, pues un minuto sin él convertía la vida en insoportable.

Su mente estaba sumida en el mismo caos que las ropas que había arrojado al interior de la maleta. Había recogido todas sus pertenencias, patéticamente escasas, símbolo de la vacuidad de su vida antes de conocer a Hafiz. Y en esos momentos poseía todavía menos porque tras ella dejaba su corazón.

Lacey frunció el ceño e intentó contener sus emociones. Tenía muchas cosas que hacer, por ejemplo, encontrar un lugar donde vivir.

Se frotó los ojos con las palmas de las manos. Necesitaba empezar de nuevo en algún lugar que no le despertara ningún recuerdo. Un lugar donde Hafiz no pudiera encontrarla.

De todos modos, estaba segura de que no iba a perseguirla por el mundo. Había tomado una decisión y ella no había sido la elegida. Nunca iba a ser ella.

No quería saber nada de la mujer que iba a compartir su vida con Hafiz. La mujer que llevaría su anillo, su apellido, y sus hijos en su seno. Lacey pestañeó con fuerza ante el ardor de ojos. Ya había gastado todas las lágrimas.

El sonido de la llave en la cerradura le hizo volverse bruscamente y la esperanza inundó su agotado cuerpo al ver entrar a Hafiz.

–Hafiz –instintivamente se acercó a él, como una polilla a la luz–. ¿Qué haces aquí?

Lo miró fijamente, memorizando cada detalle. Iba vestido como un obrero, extraño atuendo para un miembro de la familia real, aunque incluso ese tipo de prendas resultaba elegante en él.

La sencilla túnica era tan negra como sus cabellos. El algodón abrazaba el atlético torso y terminaba por debajo de las rodillas. Los pantalones vaqueros se pegaban a los fuertes músculos de las piernas y los pies iban calzados con sandalias. El reloj de alta gama había desaparecido, pero el anillo real brillaba orgulloso en su mano.

—No estaba seguro de que siguieras aquí —sus manos jugueteaban nerviosas con las llaves.

—¿Me estás vigilando? —Lacey desvió la mirada al dormitorio, donde las maletas aguardaban bajo la cama—. Podrías haber llamado.

—No. He venido para despedirme —Hafiz soltó las llaves con desesperante lentitud—. Esta noche.

—¿Ahora? —Lacey se quedó helada a medida que las palabras calaban en su maltrecho corazón.

—He tenido una reunión con el sultán esta tarde —él asintió sin dejar de mirar las llaves, como si deseara recuperarlas—. Si por mi culpa no se celebra el matrimonio acordado, lo perderé todo.

—¿Te ha amenazado tu padre? —susurró ella horrorizada.

—Me ha advertido —la corrigió él—. Y no puedo dejar de preguntarme si sabe algo. Quizás no sepa tu nombre o dónde vives, pero sí que tengo a alguien como tú en mi vida.

«Alguien como tú...». La frase resultaba de lo más hiriente. ¿Qué había querido decir? Y, sobre todo, ¿qué significaban esas palabras para Hafiz?

—No deberías estar obligado a casarte con alguien a quien no amas —de pie ante él, Lacey apoyó una mano en el brazo del príncipe, ofreciéndole consuelo, aunque alguien tan fuerte como él debería ser capaz de soportarlo.

—Lacey —Hafiz pareció sobresaltarse y le tomó el rostro con las manos—. Un matrimonio real nunca tiene que ver con el amor. Siempre ha sido así.

Lacey cerró los ojos, consciente de que era la última vez que él la acariciaba. Con la poca autodisciplina que aún le quedaba, se apartó.

–Te voy a echar de menos, Hafiz –anunció con la voz quebrada mientras nuevas lágrimas se acumulaban en sus ojos.

El príncipe soltó un suspiro y le enjugó las lágrimas con la mano. La humedad se quedó pegada a su nudillo y se la secó con el pulgar, compartiendo en silencio su agonía.

–Tenía tantas preguntas para ti... –el tierno gesto insufló nuevos ánimos en Lacey–, pero las he olvidado –todas salvo una que salió espontáneamente de sus labios–. ¿Alguna vez me has amado?

El silencio se hizo denso.

¡Tenía que haberle hecho precisamente esa pregunta! Hafiz permaneció inmóvil.

–No sé por qué te lo he preguntado –ella se estremeció ante el creciente dolor–. Por favor, no me contestes.

Las palabras surgían del fondo de su alma. Necesitaba desesperadamente conocer la respuesta. Inmersa en la fantasía en la que había estado viviendo, nunca se lo había preguntado antes.

Siempre se había sentido amada por Hafiz. Lo notaba en sus caricias, en su mirada y en su sonrisa. Pero nunca había pronunciado las palabras, ni siquiera cuando ella cantaba su amor en pleno éxtasis.

Y ya era demasiado tarde para averiguarlo. Si no la había amado, jamás se recuperaría. Y, si la amaba, jamás podría dejarlo marchar, incluso si se casaba con otra, incluso si la mantenía escondida. Y eso no lo podía permitir.

–Lacey... –Hafiz frunció el ceño.

–Calla –ella presionó los deliciosos labios con un dedo–. Por favor.

–No quiero perderte –murmuró él mientras cubría ese dedo con sus besos.

–¡Entonces ven conmigo! –impulsivamente, ella entrelazó sus dedos con los de él y lo apartó de la puerta, pero la compungida expresión de su mirada le hizo avergonzarse y lo soltó–. Lo siento, no he debido decir eso.

–No puedo marcharme de Rudaynah –susurró Hafiz mientras la abrazaba con fuerza–. Y tú no puedes quedarte. No sé qué voy a hacer sin ti. Apenas me siento vivo cuando tú no estás.

El príncipe no quería renunciar a ella, pero tenía la fuerza suficiente para ello. Saldría adelante sin ella, mientras que ella moriría lentamente.

–Con el tiempo te olvidarás de mí.

–¿Cómo puedes decir eso? –Hafiz la abrazó con más fuerza.

–Lo harás –insistió Lacey. No era la primera vez que le sucedía, ni sería la última–. Tienes que irte –antes de que le resultara imposible dejarlo marchar. Antes de que se arrojara a sus pies y le suplicara que se quedara.

–Sí –poco a poco, él aflojó el abrazo, aunque no la soltó–. Ya me he arriesgado viniendo ahora.

Lacey lo miró a los ojos. El aroma del desierto seguía impregnando su cálida piel. El firme latido de su corazón vibraba bajo su mano. La pasión brillaba en su mirada. Así quería recordarlo.

–Adiós, Hafiz.

Hafiz se agachó y la besó suavemente en los labios. Al igual que ella, mantuvo los ojos abiertos para guardar ese último beso en la memoria. Las lágrimas de Lacey le nublaban la visión y sus labios permanecieron pegados a los suyos. Sintió el impulso del hombre de llevarla con él, y la lucha por dejarla atrás.

–Tengo que irme –murmuró él.

–Lo sé –una solitaria lágrima rodó por su mejilla cuando él la soltó–. Ojalá...

–¿Ojalá qué? –al no recibir respuesta, Hafiz la agarró por los brazos–. Dímelo –le suplicó.

–No –ella sacudió la cabeza. Debía ser fuerte, por los dos–. Te deseo toda la felicidad.

–Eso no es lo que ibas a decir –el príncipe la zarandeó con suavidad–. No terminemos esto con una mentira –su voz estaba cargada de agonía–. Me volveré loco intentando imaginarme qué quisiste decir.

–No puedo –Lacey apartó la mirada. Había estropeado el momento por no soportar dejarlo marchar.

–Dime qué deseas –insistió él–. Si está en mi mano, haré que tu deseo se haga realidad.

–Ojalá... –ella tragó con dificultad, maldiciendo su debilidad–. Ojalá tuviéramos una noche más.

Los ojos de Hafiz emitieron un destello y algo en su interior se liberó, algo oscuro y salvaje. Deseaba poseerla para que ella nunca pudiera olvidarse de él.

–Ese es un deseo que sí puedo concederte –su rostro se tiñó de lujuria–. Esta noche.

–No –Lacey sacudió la cabeza. Aquello tenía que acabar. Si se acostaba con él esa noche, haría todo lo posible por retenerlo–. No podemos. Estás prometido a otra. El sultán te ha advertido...

–También es mi deseo –él la tomó en sus brazos y se dirigió al dormitorio–. No me niegues una última noche.

Capítulo 4

LACEY se abrazó con fuerza a Hafiz. La lámpara de noche desprendía un tenue resplandor que dibujaba sombras sobre la cama deshecha. El príncipe cerró la puerta con el pie.

Ella no comprendía por qué no corría hacia la cama. Entre ellos se sentía la palpitante urgencia. Solo disponían de una noche para vivir toda una vida.

La injusticia de todo aquel asunto la golpeó de lleno, pero no quiso concentrarse en ello. No iba a desperdiciar los últimos momentos con Hafiz en algo que no podía controlar.

Lo único que podía hacer era crear un hermoso y duradero recuerdo. Algo para aliviar el dolor que sentiría cada vez que pensara en el amor perdido.

Hafiz se quedó de pie junto a la cama y Lacey se arrodilló sobre el colchón acariciándole la mejilla y mirándolo a los ojos.

Al ver la tristeza dibujada en el rostro de su amado, tuvo que morderse el labio inferior para no hablar. No era habitual en él mostrar sus sentimientos, pero la emoción era tan fuerte que no la podía contener. Lacey cerró los ojos y descansó la cabeza contra el fuerte torso. Quería aliviar su dolor.

Ella también sufría. Le dolía saber que después de aquella noche no volvería a verlo ni podría tocarlo. No iba a poder estar cerca de él.

Su respiración entrecortada resonó en la habitación.

–¿Lacey? –la voz de Hafiz sonaba tierna.

Ella alzó el rostro y buscó sus labios, vertiendo todo lo que era en ese beso. El dolor y la ira, el amor y los sueños sin cumplir.

El calor que generaban no era un fuego lento, sino una llamarada salvaje. Lacey sentía el peligroso poder que escondía, pero no le importó. En el pasado había bailado a su alrededor, sabiendo que podría escaparse a su control. Pero en esa ocasión lo reclamó.

Hafiz tironeó del caftán. Era una advertencia: si no satisfacía su apetito sexual, se volvería destructivo.

Aunque no creía que fuera posible. Ya no quedaba nada por destruir. Quería ascender hasta la cima con él y hacer caso omiso de la posibilidad de hundirse en las profundidades.

Lacey apartó los labios de Hafiz. Respiraba entrecortadamente y le observó arrancarle el caftán y revelar su cuerpo desnudo.

Una parte de ella le advertía de la necesidad de ir más despacio. No quería que su última noche fuera así. Quería que fuera dulce y romántica. Aquello, en cambio, era salvaje y primitivo, pero no podía parar. No quería ir despacio.

Hafiz se quitó su túnica y ella alargó una mano con la intención de acariciar el torso bronceado. Sin embargo, sus dedos descendieron hasta la cinturilla de los vaqueros, agarrándola para atraerlo hacia ella. Un gemido escapó de sus labios cuando los pezones rozaron el áspero vello de ese torso.

El príncipe se aferró a los postes de la cama en un movimiento que sorprendió a Lacey. No la abrazó ni la tomó. Le estaba entregando el control de la situación.

Era todo un regalo, pues Hafiz siempre solía ser el que mandaba. Lacey posó una mano sobre la impresionante erección sin dejar de mirarlo a la cara, pero él no dijo nada. Ni siquiera se movió. Así pues, procedió a deslizar el pantalón y la ropa interior por las fuertes piernas.

Las caricias no fueron suaves. Ella sintió crecer la tensión en el interior de Hafiz hasta hacer que los postes de la cama se movieran. Pero hasta un hombre como él tenía sus límites y de repente soltó un gruñido y la agarró por los brazos.

El beso fue apasionado y posesivo, y el corazón de Lacey galopaba a medida que la anticipación crecía dentro de ella.

El príncipe se apartó y ella cayó de espaldas sobre la cama, desnuda ante él. El feroz deseo que reflejaban los oscuros ojos le hizo estremecerse de excitación. Necesitaba a ese hombre, y se volvería loca si tenía que esperar un minuto más.

–¡Ahora! –suplicó, casi incapaz de pronunciar la palabra a causa del dolor de su corazón que le golpeaba furiosamente contra las costillas.

Hafiz no discutió. Le sujetó las piernas y la atrajo hacia sí. Lacey sintió una sacudida en el estómago al ver la expresión de su mirada.

Tras rodearse la cintura con las piernas de Lacey, el príncipe le levantó las caderas sin ninguna delicadeza. Ella se sentía expuesta, salvaje y hermosa. Vulnerable y aun así poderosa.

El corazón se le paralizó cuando lo sintió entrar, y gimió al tiempo que movía las caderas para recibirlo. No hubo delicadeza ni sofisticación. Las caderas basculaban a un ritmo ancestral mientras recibía las embestidas de Hafiz.

Deseaba atrapar ese momento y convertirlo en eterno, pero no podía controlar el fuego que amenazaba con desbordarla. Lacey cerró los ojos y permitió que las sensaciones crecieran en su interior mientras gritaba el nombre de Hafiz.

Horas más tarde, seguían abrazados. Ella tenía la espalda acurrucada contra el pecho del príncipe, con sus largos cabellos enredados y húmedos de sudor. Él apartó esos cabellos para besarle el cuello. La sábana y la colcha yacían revueltas en el suelo, pero ella no tenía necesidad de abrigar su desnudez. Le bastaba con el calor que desprendía el cuerpo de Hafiz.

Respiró hondo y dejó escapar el aire con deliberada lentitud. No iba a llorar. Todavía no. No quería que el último recuerdo que tuviera Hafiz de ella fuera el de sus lágrimas.

Se concentró en las manos entrelazadas de ambos, apenas visibles en la oscura habitación. Jugueteó con los dedos de Hafiz y él hizo lo propio con los suyos, como si quisiera grabar en su memoria cada centímetro de su mano.

La mano de Hafiz era grande y fuerte mientras que la suya era más delicada. Su oficio de pianista se reflejaba en los largos dedos y los de Hafiz evidenciaban una vida que nunca había incluido el trabajo físico. Su piel era dorada, la suya de marfil.

Lacey agarró la mano de Hafiz con fuerza y examinó el anillo real que brillaba en su dedo. Con un profundo dolor de corazón, miró por la ventana y vio filtrarse por ella la luz del amanecer.

La noche había terminado. Su tiempo había acabado.

Sin embargo, se resistió a anunciarlo. Si Hafiz no iba a mencionarlo, ella tampoco. A fin de cuentas, no habían decidido cuándo darían por terminada la noche. Para la gente de Rudaynah el día no empezaba hasta las doce del mediodía.

Era consciente de estar arañando un poco más de tiempo y se mordió el labio inferior mientras el príncipe le apretaba los dedos. Quería agarrar esas manos para siempre.

Corría el serio peligro de no permitirle marcharse.

De nuevo miró hacia la ventana. No se habían despegado ni un instante durante la noche. ¿Cuánto tiempo habían dedicado a mirarse a los ojos, abrazados, sin pronunciar una palabra? No lamentaría esos momentos. Significaban mucho para ella. Le hacían sentirse conectada a Hafiz.

—Ya es de día —habló al fin tras humedecerse los labios.

Su voz hizo añicos el pacífico silencio y sintió la tensión en los músculos del príncipe.

—No, no lo es —contestó él con su voz gutural.

—Ya ha salido el sol —ella frunció el ceño y señaló hacia la ventana.

—No estoy de acuerdo —Hafiz la tumbó sobre la espalda—. El sol aún no ha terminado de salir. Todavía no es de mañana. Aún tenemos tiempo.

Era evidente que él tampoco estaba dispuesto a que lo suyo terminara. Lacey contempló el adorado rostro y le acarició la rugosa barbilla.

—Te amo, Hafiz.

Una oscura y agridulce emoción que no fue capaz de definir llameó en los ojos del príncipe, que agachó lentamente la cabeza y le besó los labios.

Ella permaneció inmóvil mientras recibía otro beso en la mejilla y otro más en el entrecejo. Era mucho más que una despedida. La estaba tocando casi con reverencia.

Lacey cerró los ojos, desesperada por contener las lágrimas mientras Hafiz le tomaba el rostro con delicadeza. Apoyándole la cabeza contra la almohada, volvió a besarla sin apenas tocarla.

Saltó de la cama y se puso la bata. El lado de la cama de Hafiz seguía caliente. Aún cabía la posibilidad de que estuviera allí.

–¿Hafiz? –llamó con voz trémula.

El silencio fue su única respuesta. Mordiéndose el labio inferior, abrió la puerta del dormitorio. La esperanza la abandonó al contemplar el salón vacío.

Cerró la puerta de un portazo y corrió descalza hasta la ventana. Abrió las cortinas de golpe y buscó en las tranquilas calles.

Durante un breve instante creyó haberse equivocado. Ese hombre no caminaba por la calle con la majestuosa arrogancia de Hafiz. Caminaba lentamente. Dubitativo. Con la cabeza inclinada y los hombros caídos.

Lacey cerró los puños, dispuesta a golpear el cristal y gritar su nombre para que se volviera.

Pero el instinto la detuvo. Era consciente de que a él le resultaba tan difícil marcharse como a ella dejarle marchar. Tenía que ser fuerte. Si no por ella, al menos por él.

–Hafiz... –sollozó con la frente apoyada contra el cristal.

El príncipe se detuvo y ella lo observó con ojos desmesurados. Era imposible que le hubiera oído llamarlo. Volviéndose ligeramente, él se detuvo justo antes de mirar hacia la ventana.

A Lacey estaba a punto de estallarle el corazón. Necesitaba verlo una vez más. Solo una vez para poder atesorar la imagen en su recuerdo y llevársela con ella para mitigar soledad. Necesitaba echar otro vistazo para poder recordar que en una ocasión había sido amada.

Pero por otro lado no quería que él se volviera. Necesitaba que él se mantuviera fuerte. Necesitaba ver su fuerza y saber que estaría bien sin ella.

Lacey contuvo la respiración cuando Hafiz volvió a detenerse. Las lágrimas corrían por sus mejillas y tuvo la sensación de que el futuro pendía de ese instante.

Pero Hafiz se cuadró de hombros y reanudó la marcha. El futuro de Lacey acababa de saltar al vacío.

Verlo marchar le produjo una sensación agridulce. Sollozando, lo miró hasta que desapareció al volver la esquina. Pero ella no se movió, por si acaso cambiaba de idea y regresaba para echar un último vistazo a su ventana.

Sabía que eso no ocurriría. Él era lo bastante fuerte por los dos y Lacey se dejó caer al suelo.

Todo había acabado. Ya no estaban juntos.

Se sentía a punto de morir y no tenía ni idea de cómo iba a poder evitar desmoronarse sin Hafiz a su lado para abrazarla y transmitirle su fuerza.

Capítulo 5

POR el modo en que se acobardaron los empleados de la oficina, Hafiz comprendió que su expresión debía de ser fiera. «Tanto peor», pensó mientras miraba a un joven ejecutivo que había tenido la mala suerte de encontrarse en su campo visual.

Normalmente, le gustaba ir a su despacho de la ciudad por la tarde, tras haber cumplido con todas sus obligaciones reales. Era un alivio salir del palacio, silencioso como un mausoleo. Aunque construido por sus antepasados, no se sentía identificado con el monumento histórico, o con la gente que lo habitaba. Los visires estaban demasiado concentrados en el protocolo y las tradiciones. Huían de cualquier idea nueva. O de cualquier idea que surgiera de él.

La corte parecía haber olvidado que le habían criado para servir y velar por el sultanato. Su educación y experiencia se habían centrado en las relaciones y los negocios internacionales. Tenía muchos planes e ideas para mejorar la vida de sus paisanos, pero nadie quería escuchar a un príncipe caído en desgracia. Algo que iba a cambiar en cuanto se casara con la mujer elegida por su padre.

Se dirigió a su escritorio y observó que, a diferencia de sus turbulentos pensamientos, en su despacho todo estaba en orden. El moderno edificio, completo con lo último en tecnología, solía destilar energía desde que amanecía. El sultán y el resto del palacio no tenían voz en lo que sucedía allí, un lugar en el que Hafiz disponía de la libertad necesaria para explorar y arriesgarse.

Los jóvenes que empleaba allí eran incuestionablemente leales, eficientes y brillantes. Hombres educados fuera de Rudaynah que hablaban fluidamente árabe e inglés. Se sentían igual de cómodos vestidos con trajes occidentales que con la ropa tradicional de su país. Eran unos hombres muy parecidos a él, salvo por unas cuantas gotas de sangre real y unos cuantos años en un mundo que le había arrancado todo idealismo.

Por el rabillo del ojo vio a su secretario correr hacia él. Uno de los ayudantes ya se encontraba junto a la mesa intentando parecer invisible mientras le dejaba con cuidado una taza de café. El amargo aroma fue bien recibido, pues no había dormido en días. Decidido a sumergirse en el trabajo, se sentó ante su escritorio.

–Buenas tardes, Alteza –saludó con cautela el secretario mirándolo como si su jefe fuera una cobra a punto de atacar–. Ya hemos introducido los cambios en su agenda...

La atención de Hafiz se esfumó rápidamente, algo nada propio de él. Conocido por su concentración hasta el más mínimo detalle, llevaba unos días muy distraído. Quizás estuviera incubando algo. Desde luego no tenía nada que ver con Lacey, él no se regodeaba en el pasado ni se obsesionaba con aquello que no podía cambiar. Ya había pasado página.

Lacey. No quería mirar por la ventana, pero el impulso fue demasiado fuerte y dirigió hacia allí su atención, buscando el ático.

Hacía meses que había trasladado la oficina a aquel lugar por las vistas y en numerosas ocasiones se descubría a sí mismo mirando hacia el edificio, aunque era consciente de que desde allí no podía verla. Simplemente con saber que estaba ya le producía una gran sensación de paz. Hasta ese momento.

El zumbido del móvil interrumpió su ensoñación. Se le encogió el estómago de anticipación y miedo. Solo unas cuantas personas conocían ese número. Consultó la pantalla y lo embargó la desilusión al comprobar que no se trataba de ella. Hafiz despidió a su secretario con un gesto de la mano y contestó la llamada.

—¿Alteza? Soy Glenn —se identificó el guardaespaldas de Lacey—. Siento molestarle, pero hemos sufrido un contratiempo. Nuestros visados de salida han sido retrasados.

—En Rudaynah nunca se cumplen los plazos —Hafiz se frotó la frente y suspiró. Una sensación de inquietud le recorrió la columna vertebral. ¿Estaba el palacio detrás de aquello? ¿Conocían la existencia de Lacey?

De inmediato rechazó esa opción. El palacio no iba a molestarse por una cantante estadounidense de clubs nocturnos.

—¿Han dado alguna explicación?

—No. Soborné a los funcionarios claves y me senté a tomar el té con el oficial de la policía, pero no estoy consiguiendo ninguna información.

—En otras circunstancias, haría que alguien de palacio dirigiera una petición especial al funcionario adecuado —Hafiz volvió a mirar por la ventana. Tenía que sacar a Lacey del país antes de que su presencia arruinara todo por lo que tanto había trabajado—, pero eso atraería una atención indeseada. Tendremos que esperar. Deberían estar listos en un día o dos.

—Sí, señor.

—¿Podría ponerse Lacey al teléfono para que se lo pueda explicar? —no debería hablar con ella, ya se habían despedido. Quería que aquella última noche fuera su último recuerdo de ella, pero tampoco quería que pensara que la había abandonado.

–La señorita Maxwell no se encuentra aquí, señor –contestó Glenn tras aclararse la garganta.

–¿Qué? –Hafiz clavó la mirada en el apartamento de Lacey. Le había prometido que no volvería a salir–. ¿Dónde está?

–Tomando el té con unas amigas en el hotel Scimitar.

«¿Amigas?». Sorprendido, el príncipe dio un respingo. ¿Qué amigas?

Su mirada se dirigió al lujoso hotel. El alto edificio se asemejaba a una espiral de cristal y acero que se dirigía hacia el sol.

–No comprendo.

–Lo siento, señor. Habría ido con ella, pero me estaba ocupando de los visados y ya se había marchado cuando regresé.

¿Lacey tenía amigas? Hafiz frunció el ceño. Lacey tenía una vida fuera del apartamento, una vida que no le incluía a él. No sabía por qué le sorprendía tanto, pues en Saint Louis también tenía un amplio grupo de amigos.

Sin embargo, nunca le había hablado de esas amigas. Qué raro, Lacey siempre se lo contaba todo, o, al menos, eso había pensado él. ¿Por qué le había ocultado esa información?

–¿Quiénes son esas amigas? –preguntó secamente interrumpiendo las disculpas de Glenn.

–No hay motivo para preocuparse, señor –contestó el otro hombre–. Son mujeres de intachable reputación, esposas de embajadores y ministros del gobierno.

Hafiz se quedó helado. ¿Su antigua amante se relacionaba con las mujeres más influyentes y poderosas de Rudaynah? ¿Esa misma amante con la que había roto para casarse con otra? Lentamente cerró los ojos mientras la tensión le oprimía el pecho. Glenn se equivocaba. Tenía muchos motivos para estar preocupado.

A Lacey siempre le había parecido que el salón de té del Scimitar reunía una extraña mezcla de culturas. Contempló la fuente repleta de pastas occidentales y pasteles de canela y dátiles. Junto a una clásica tetera inglesa había una *cezve*, especial para café turco. Y sobre el impecable mantel de lino blanco, un paño de mesa con un intrincado diseño geométrico bordado.

—Estás muy diferente vestida con ropa occidental —observó Inas—. Casi no te he reconocido.

—Me siento diferente —admitió Lacey poniéndose un mechón de cabello detrás de la oreja.

Se sentía casi desnuda con ese sencillo vestido verde de manga larga y cuello cerrado. Llevaba el mínimo maquillaje posible y los zapatos eran casi planos. A pesar de todo lo cual no le parecía ir suficientemente cubierta.

—Me resulta raro no llevar caftán.

—¿Y a qué se debe el repentino cambio? —preguntó Janet, la esposa de un embajador. Alta, rubia y delgada, hacía años que vivía en el sultanato, pero se negaba a vestir las ropas tradicionales, por mucho calor que hiciera—. Seguimos en Rudaynah.

—Intento volver a acostumbrarme a mi antigua ropa —explicó Lacey, aunque solo fuera una verdad a medias. Al llegar al país había optado por vestir como los lugareños, pensando que la ayudaría a integrarse, pero había sido una pérdida de tiempo—. Nunca he encajado aquí.

—Tonterías —le espetó Inas—. Has sido una de mis alumnas más aplicadas. De haberte quedado aquí un poco más de tiempo, estoy segura de que hablarías árabe con fluidez.

—Gracias —su intención había sido sorprender a Hafiz

con su habilidad para el idioma local, siendo una de sus metas ver su expresión al declararle su amor en su lengua materna.

–No sé qué vamos a hacer sin ti –Janet suspiró–. Nuestras obras benéficas avanzaron mucho con tu aportación. ¿Estás segura de que tienes que marcharte tan pronto?

–Sí, debemos irnos... por el proyecto de mi tío –por un lado, deseó haber podido tomar el primer vuelo, pero, por otro, se resistía a la idea de abandonar a Hafiz para siempre–. Solo nos faltan los visados de salida.

–No es más que una formalidad –insistió Inas–. Pero si aún sigues aquí el fin de semana, no puedes faltar a la recepción con motivo de la boda de mi hija. La ceremonia del contrato matrimonial es solo para la familia, pero a la recepción están invitados todos los amigos. Ah, y podrás ver a las bailarinas que hemos contratado para la procesión *zaffa*.

–Eso me gustaría –había oído todos los detalles de la boda y deseaba compartir ese momento tan especial con su amiga, pero en su día había declinado la invitación para no robarle tiempo a Hafiz.

¿A qué había renunciado Hafiz por estar con ella? Lacey frunció el ceño. No podía compararse, Hafiz era un hombre importante y muy ocupado.

–La mayor parte de la corte estará allí porque mi esposo y el padre del novio son ministros del gobierno. Sé que no podías asistir por los compromisos de tus tíos, pero esta será la última vez que nos veamos y... –Inas frunció el ceño cuando en el salón de té se hizo repentinamente el silencio–. ¿Qué sucede?

–No estoy segura –murmuró Janet–. Todo el mundo está mirando hacia el vestíbulo.

–¡Oh, Dios mío! –susurró Inas volviéndose hacia sus amigas–. Es el príncipe.

–¿Cuál de ellos? –Lacey dio un respingo y el cora-

zón falló un latido ante la posibilidad de ver a Hafiz–.
¿Qué príncipe?

–El mayor, Hafiz.

Lacey tuvo que esforzarse por introducir el aire en
los pulmones al ver entrar a Hafiz en el salón de té. Sin
el menor esfuerzo atraía la atención de todos los presentes, no por el impecable traje de negocios o la altiva
inclinación de su barbilla. Tampoco por su caminar de
conquistador o su porte real. Era el poder que exudaba
y que indicaba que podría ser un valioso aliado o un peligroso enemigo. Se notaba que podía arruinarle la vida
a un hombre con solo chasquear los dedos, o robarle el
corazón a una mujer con una sonrisa.

Hafiz pasó junto a ella sin siquiera mirarla. Tenía el
rostro tenso, como esculpido en piedra.

Ni siquiera la había visto. Lacey abrió la boca incrédula. ¿Cómo era posible? Estaba acostumbrada a encontrarse los ojos del príncipe fijos en ella cada vez que
entraba en una habitación.

Miles de emociones estallaron bajo su piel, pero no
estaba dispuesta a dejarse llevar por ellas. No debería
importarle haberse vuelto invisible tres días después de
que él la hubiese abandonado, era lo esperable. De haber permanecido junto a Hafiz, habría sido lo habitual
cada vez que se encontraran en público.

Y no deseaba vivir una vida así. Lacey cerró los ojos
y reunió la poca compostura que le quedaba. No estaba
dispuesta a convertirse en el segundo plato, aunque ello
significara vivir sin su príncipe. Se negaba a ser dejada
de lado.

–Es guapísimo –observó Janet en voz baja mientras
Hafiz salía del salón de té para dirigirse, presumible-
mente, a los salones privados.

–También lo es su prometida –les informó Inas–.
Conozco a los Abdullah.

Lacey dio un respingo. Ojalá no lo hubiese oído. No quería saber nada acerca de la mujer con la que Hafiz iba a casarse. Era mucho más sencillo así.

–¿Qué aspecto tiene? –Janet se inclinó hacia delante.

–Nabeela es la perfecta representante de Rudaynah.

Lacey tenía todos los músculos en tensión. Ya tenía un nombre al que asociar a la mujer y, de algún modo, lo empeoraba todo. No quería poner nombre o rostro a la persona que tenía al hombre que amaba.

–Ha sido criada para vivir en palacio. Sus padres tenían la esperanza de que se casara con un consejero real o un ministro. Pero jamás soñaron con que el sultán y su esposa la eligieran para ser princesa. Será una buena esposa para Hafiz.

«No, no lo será. Ese hombre es mío». La idea se agarró a la mente de Lacey como si tuviera garras, rasgando la fina máscara que había tejido tras conocer el compromiso de Hafiz, y dejando expuesta la verdad sangrante, reventando la purulenta herida.

Sabía que Hafiz iba a casarse, pero nunca pensaba más allá de la boda. Pensaba en Nabeela como en la novia, pero nunca en ambos como pareja, compañeros. Marido y mujer.

Lacey bajó apresuradamente la mirada. Se sentía físicamente enferma. Era muy consciente de que no se trataba de una unión por amor, pero eso no impedía que la verde serpiente de bilis se enroscara alrededor de su corazón.

Las emociones envenenadas la carcomían. Una serie de emociones primitivas, a cual más aguda que la anterior, azotaban su mente, su corazón y su orgullo.

–Por lo que he oído, no fue la belleza de Nabeela lo que hizo aceptar al príncipe Hafiz –susurró Janet.

Lacey deseaba cambiar de tema, pero no se atrevía a abrir la boca por miedo a que lo que surgiera de ella fuera un grito de agudo dolor. Fijó la mirada en su taza de té y se obligó a llevársela a los labios. No le gustaba el modo en que le temblaban las manos.

–Por lo visto, el sultán y el príncipe han llegado a un acuerdo –continuó Janet–. Si se casa con Nabeela, Hafiz se convertirá en el príncipe heredero.

De manera que ese era el motivo del enlace. Tenía sentido, de eso no cabía duda.

Lacey dejó la taza sobre la mesa y se echó los cabellos hacia atrás. Miró fijamente el techo hecho con un mosaico de lapislázuli y el murmullo de las conversaciones quedó reducido a un zumbido. Los pensamientos giraban frenéticos en su mente.

Hafiz siempre había sido ambicioso y decidido. Un hombre como él no podía renunciar a la posibilidad de heredar el trono, aunque ello le exigiera deshacerse de su amante. Empezaba a cuestionarse si la decisión le había resultado difícil. Ella jamás podría competir con una corona.

Debería haber reconocido las señales. A fin de cuentas, no era la primera vez que se encontraba en una situación como esa. Sus padres habían sido igual de obstinados y decididos a convertirse en ricos y famosos. En cuanto decidieron que tener una hija les impedía ver cumplido su sueño, la habían abandonado con pasmosa facilidad.

Pero si en esa ocasión no había visto las señales era porque estaba convencida de que estaban enamorados. Había empezado a creerse que no era una carga, que no solo era bienvenida a la vida de Hafiz, sino que el príncipe removería cielo y tierra por estar con ella.

¿Cuándo iba a aprender? Ella jamás inspiraría esa clase de devoción. Nadie la amaría así nunca.

–¿Y qué pasa con el hermano? –la voz de Lacey sonaba ronca–. Pensé que era él el príncipe heredero.

–¿Ashraf? –preguntó Janet–. Es verdad. Me pregunto cómo se sentirá con este nuevo giro de los acontecimientos. Hace una década que fue nombrado heredero al trono.

–¿Una década? –repitió Lacey lentamente–. ¿Cuántos años tiene?

–Unos cuantos menos que el príncipe Hafiz –Janet buscó la confirmación de Inas con la mirada–. Se convirtió en el príncipe heredero cuando Hafiz perdió sus derechos de nacimiento.

–¿Hafiz perdió sus...? –Lacey parpadeó perpleja mientras el zumbido de sus oídos aumentaba y el corazón le golpeaba con fuerza contra las costillas–. Quería decir, el príncipe Hafiz. ¿Qué es eso de los derechos de nacimiento?

–Era el primero en la línea de sucesión tras el sultán –explicó su amiga.

–¿Se suponía que él debía heredar el trono? –Lacey tenía la sensación de que le faltaba una pieza esencial de información–. ¿Cuándo sucedió eso?

–¿Cómo es posible que no estés enterada? –Inas abrió los ojos desmesuradamente–. Creía haber cubierto ese tema durante nuestras clases de historia.

–¿Cómo puede ser desplazado un príncipe en la línea de sucesión? –Lacey sacudió la cabeza lentamente. ¿Había renunciado a sus derechos? ¿Había cometido algún horrible crimen? Ninguna de las dos cosas parecía propia de Hafiz–. Hay que hacer algo muy malo para que suceda, ¿verdad?

–No conozco todos los detalles, pero sí puedo contarte algo –Inas miró inquieta a su alrededor antes de continuar–. Tuvo algo que ver con una mujer.

A Lacey se le vaciaron los pulmones de aire mientras se le llenaba la boca del sabor de la desesperación. ¿Hafiz lo había perdido todo por una mujer? Una profunda sensación de entumecimiento le protegía el cuerpo de quebrarse bajo el intenso dolor.

–¿Qué mujer? –debía de haber sido alguien extraordinaria para que Hafiz se arriesgara tanto. No tenía sentido. Ese hombre haría cualquier cosa por servir y proteger a su país. Jamás anteponía a nadie a su deber. Ni siquiera él se situaba por delante de Rudaynah.

–Por lo visto, era su amante –intervino Janet–. Una de sus muchas amantes.

–Solo hace falta una mujer para perder el trono –Inas se encogió de hombros.

Una amante. No, varias amantes. Lacey no debería sorprenderse. Hafiz era muy sofisticado y experto en la cama. Pero, por algún motivo, había tenido la sensación de que su papel en la vida de Hafiz era muy distinto al de esas otras mujeres. Había creído ser alguien especial.

Quizás era especial. Quizás... se sujetó las manos con fuerza bajo la mesa. Tenía que dejar de convertir su relación con Hafiz en un cuento de hadas.

Pero, entonces, ¿por qué lo había arriesgado todo para llevarla con él al sultanato? ¿Por qué había permitido que se iniciara esa relación? ¿Qué le había convencido para romper las normas otra vez?

¿Otra vez? No había motivo para pensar que hubiera vivido sin una amante tras perder el derecho al trono. Lacey se quedó helada. ¿Tenía por costumbre llevar a sus amantes al sultanato? ¿Cambiaba de modelo cada año? Lentamente cerró los ojos y le tembló la mandíbula mientras las lágrimas le quemaban los ojos.

Necesitaba saber la verdad. Necesitaba regresar a su casa, encerrarse en el dormitorio y acurrucarse sobre la cama para ahuyentar la angustia que la aplastaba. Pero primero tenía que abandonar el salón de té sin ponerse en evidencia.

–¡Oh, vaya! ¡Qué tarde es! –exclamó con la mirada baja para que nadie percibiera su agonía.

Lentamente y con movimientos torpes se levantó de la mesa y se despidió de sus amigas. Los abrazos y promesas no la calmaron. El corazón le galopaba alocado mientras repasaba en su mente la información sobre el pasado de Hafiz.

Al volverse se encontró con uno de los botones del hotel. El uniforme azul era del mismo color que los mosaicos del techo.

–¿Señorita Maxwell? ¿Se marcha ya? –preguntó el joven–. Un tal señor Glenn ha preguntado por usted. Dice que es urgente.

–¡Oh! –exclamó ella al recordar que no llevaba el móvil. No había podido cargar la batería por culpa de uno de los habituales cortes de luz–. ¿Hay algún teléfono desde el que pueda llamar?

–Por favor, sígame a una de las salas de conferencias y podrá contactar con él en privado.

–Gracias –Lacey corrió tras el botones con las piernas inestables. Se sentía mareada, como si su mundo se hubiera desprendido del eje. Para cuando llegó a la sala, le faltaba el aire, aunque consiguió asentir hacia el joven que le acababa de abrir la puerta.

Una puerta que se cerró tras ella en cuanto hubo entrado en la sala. De techos arqueados y mobiliario recargado, ofrecía un aspecto intimidatorio. Las gruesas cortinas azules estaban echadas y el silencio resultaba opresivo.

Lacey frunció el ceño al comprobar que no había ningún teléfono a la vista. De repente percibió el inconfundible aroma a madera de sándalo que inevitablemente despertó un gran deseo en su interior.

Hafiz.

Fue la única señal de advertencia antes de sentir la espalda pegada a la pared.

Unos fuertes brazos le sujetaron la cabeza. Los anchos hombros de Hafiz estaban comprimidos en una carísima chaqueta. Y ella quiso sujetarse a esos hombros. Levantó la vista y se encontró con el rostro de su amado.

Estaba lo bastante cerca como para besarla. Tras haberse convencido a sí misma de que jamás volvería a tocarlo, tenerlo tan cerca resultaba sobrecogedor. Lacey se inclinó hacia delante y cerró los ojos.

–¿Qué demonios te traes entre manos, Lacey? –preguntó Hafiz entre dientes.

Capítulo 6

LACEY se puso rígida. Los ojos oscuros de Hafiz brillaban con gélida ira y el estómago se le contrajo ante la ferocidad de su mirada. No era el saludo que alguien ofrecería a su amante.

Claro que ellos ya no eran amantes. Cualquier fantasía que su mente hubiera elaborado se rompió como el cristal. A pesar de ser las dos únicas personas en la habitación, no estaban juntos. Eran meros conocidos. Su pasado había quedado borrado como si jamás hubiese existido, y no debía olvidarlo jamás.

Lacey se apoyó contra la pared como si fuera lo único capaz de sostenerla en pie. Alzó desafiante la barbilla y miró a Hafiz a los ojos.

–Buenas tardes a ti también, Alteza –saludó mientras intentaba contener las lágrimas.

–Lacey –le espetó él–. Exijo una respuesta.

Ella apretó los labios y sujetó con fuerza el bolso. Deseó ser capaz de desconectar sus emociones con la misma facilidad que ese hombre. Deseó que la frialdad de su trato hacia ella no le doliera como una bofetada.

Apartó la vista y se rodeó la cintura con los brazos. No soportaba esa falta de intimidad en la oscura mirada. Echaba de menos los secretos compartidos durante el año transcurrido.

Tenía la sensación de estar siendo lanzada hacia una tormenta de arena sin que hubiera nada a lo que agarrarse. Solo podía contar con ella misma, siempre había sido así. Nada más conocer a Hafiz había tenido la impresión de que ya no se sentiría sola en el mundo, pero en esos momentos comprendió que todo había sido una ilusión.

–Estaba tomando el té con un par de amigas –contestó con voz odiosamente temblorosa.

–¿Y por qué es la primera noticia que tengo de esas supuestas amigas?

–Nunca preguntaste –Lacey sintió una llamarada de ira–. Jamás preguntaste qué tal había pasado el día o cómo me sentía viviendo en este país –la ira subía de temperatura y, agachándose, pasó por debajo de su brazo dispuesta a marcharse–. Simplemente diste por hecho que me pasaba la vida en el apartamento. ¿Creías que me desconectaba de la vida hasta que tú aparecías?

–Si hubieras querido compartir algo conmigo, nada ni nadie te lo habría impedido –Hafiz la miró con los ojos entornados–. ¿Por qué no he sabido nada de esto hasta ahora?

Ella se encogió de hombros. En parte era culpa suya. Estaba reaccionando del mismo modo en que lo había hecho al perder el interés de sus padres. Sabía que para conservar el interés de Hafiz por ella, para que siguiera regresando al apartamento, debía mantener una actitud positiva. Debía resultar divertida y concederle a él todo el protagonismo. Si hubiera parecido demasiado necesitada de él, el príncipe habría empezado a distanciarse.

–¿Qué hace alguien como tú con la esposa de un embajador o la esposa de un ministro?

Lacey enarcó una ceja mirándolo a los ojos. No dejaría traslucir cuánto le dolían esas palabras.

–¿Alguien como yo?

–Ya sabes a qué me refiero –Hafiz se frotó el cuello con impaciencia–. No perteneces a la misma clase social ni compartes los mismos intereses.

–De modo que lo que me estás preguntando en realidad es cómo una vulgar amante ha hecho amistad con esas mujeres tan respetables.

–Eso es –Hafiz se cruzó de brazos–. Eso es exactamente lo que te pregunto.

Durante unos segundos, la habitación pareció moverse. ¿Era ese hombre consciente de lo que decía? ¿Acaso le importaba? Cerró los ojos y tragó saliva.

–¿Te das cuenta de que fuiste tú quien me convirtió en esa vulgar amante?

–Y tú la que aceptaste el ofrecimiento.

La indiferencia del príncipe la hería como una navaja. Un comentario sarcástico bailó en la punta de la lengua de Lacey, quemándole como la pimienta.

–¿Por qué eres amiga de esas mujeres? –insistió él–. ¿Y por qué te has reunido hoy con ellas?

–¿Sabes por qué toco el piano? –preguntó ella mientras se sentaba en una silla.

–¿Qué tiene eso que ver con lo que te he preguntado? –Hafiz la miró perplejo.

–Muchas personas creen que toco el piano porque crecí en un ambiente musical –continuó como si el príncipe no hubiese hablado–. Mis padres eran músicos y por lo tanto yo tenía que haber heredado sus inquietudes musicales.

–Al grano, Lacey –él apoyó un hombro contra la pared.

–Pero a mis padres no podía importarles menos que yo tocara o no un instrumento musical. Pensé que, si aprendía a tocar el piano, y lo llegaba a tocar razonablemente bien, podría formar parte de sus vidas. Me llevarían de gira con ellos en lugar de dejarme tirada todo el tiempo.

–¿Y?

Lacey sonrió amargamente al recordar el inmediato

rechazo de sus padres a ese plan. Recordó cómo su padre había declarado que uno de los aspectos positivos de esos viajes era tomarse un respiro de sus obligaciones como padre.

–Pues que no funcionó. Pero, por algún motivo, pensé que esta vez sí.

–¿Esta vez? –Hafiz frunció el ceño.

–Cuando me propusiste venirme a vivir aquí, pensé que estábamos construyendo un futuro juntos. Una vida –ella desvió la mirada, avergonzada por su ingenuidad, su fe en los finales felices–. Y me esforcé por convertir este lugar en mi nuevo hogar. Inas está muy orgullosa de sus raíces y era mi profesora. Ha sido mi tutora de historia y lengua árabe.

–¿Has estado aprendiendo árabe? Nunca te he oído hablarlo.

–Aún no estaba preparada para demostrarte mis habilidades –se defendió ella ante la manifiesta incredulidad del príncipe–. Mi árabe está muy lejos de ser fluido.

–¿Y la mujer del embajador? –por la mueca de los labios de Hafiz, era evidente que no se creía una palabra.

–Conocí a Janet y su proyecto benéfico contra el hambre. Llevamos seis meses trabajando juntas –Lacey se interrumpió al comprobar que estaba siguiendo los mismos patrones y obteniendo los mismos resultados.

En ambas ocasiones había volcado toda su energía en los intereses de otra persona. En ambas ocasiones había pensado que su dedicación le resultaría beneficiosa, que los demás verían que encajaba perfectamente en su mundo y la recibirían con los brazos abiertos. O, por lo menos, apreciarían sus esfuerzos.

No debería resultarle tan difícil conservar a sus seres queridos cerca. Iba a tener que dejar de dárselo todo a personas que no lo querían. Que no la querían.

–Y así sin más te conviertes en su amiga –la voz de Hafiz interrumpió sus pensamientos–. Amiga de las dos mujeres que podrían destruir todo aquello por lo que he trabajado si llegaran a mencionar el más mínimo rumor a alguno de sus poderosos amigos o maridos.

–¿Es eso lo que te preocupa? –Lacey tamborileó con los dedos sobre la mesa de conferencias–. Durante todo el tiempo que pasamos juntos, jamás hice nada para perjudicarte. ¿Por qué iba a hacerlo ahora?

–Porque creías que algún día me casaría contigo y ahora resulta que me voy a casar con otra. Quieres vengarte.

–¡Espera un momento! ¿Estás diciendo...? –ella se irguió en la silla y se llevó una mano al pecho–. ¿Crees que intento...?

–No hay mayor peligro que el de una mujer despechada –Hafiz le lanzó una gélida mirada.

–¿Mujer despechada? ¿Tú me has despechado? No. Tú me has sacrificado, pero...

–Y tú necesitas devolverme el golpe –él extendió los brazos, ofreciéndose como blanco.

–¿Crees que yo tendría el poder de lastimarte? –preguntó Lacey, consciente de que sí lo tenía, al menos temporalmente–. Por eso no me lo contaste. Jamás pensé en ti como en un cobarde, y no lo eres. Simplemente no das ninguna información que no sirva a tus intereses.

Lacey se mordió el labio inferior mientras él se acercaba con el peligroso caminar de una pantera al acecho.

–Explícate, Lacey –le pidió él en un susurro no exento de advertencia.

–El acuerdo al que has llegado con el sultán –contestó ella apresuradamente–. Ese que te convertirá en el príncipe heredero si te casas con la mujer elegida por él.

–¿Cómo sabes tú eso? –un destello de sorpresa asomó a los ojos oscuros.

–Todo el mundo lo sabe –Lacey inclinó la cabeza, desaparecido el último átomo de esperanza. Era cierto. La había abandonado ante la posibilidad de convertirse en el siguiente sultán.

–El acuerdo se alcanzó después de anunciado el compromiso –contestó él secamente antes de darle la espalda–. Y no sé por qué te estoy dando explicaciones.

«Quieres decir a alguien como yo», añadió Lacey en silencio.

–¿Te gustaría ser el sultán?

–Por supuesto –la tensión de Hafiz se evidenció en sus hombros antes de volverse–. Soy muy capaz de desempeñar ese puesto. Durante los últimos diez años he trabajado mucho para demostrárselo a los demás.

–¿No te gustaría vivir de otro modo? –insistió ella.

–¿Por qué iba a querer dejar pasar esta oportunidad?

Efectivamente, ¿por qué iba a preferir vivir una vida que la incluyera a ella? No merecía la pena el sacrificio. Además, se suponía que había tomado la decisión de romper con ella antes de llegar a un acuerdo con el sultán.

–Piensa en la imagen que tienes de ti mismo –señaló Lacey–. Piensa en qué cosas podrías hacer sin la interferencia del palacio.

–Tú no lo entiendes, Lacey –le explicó Hafiz con evidente cansancio–. Nací para esto. Es mi destino.

–Lo sé. Por eso te exiges tanto –ella dio unos rítmicos golpecitos con el zapato en el suelo antes de adentrarse en un territorio inexplorado–. No se trata solo de ambición, ¿verdad? Estás buscando tu redención.

Hafiz ladeó la cabeza como si estuviera olfateando el peligro, como si ella se estuviera acercando demasiado a su secreto. Acercándose demasiado a la verdad.

–Hace diez años perdiste tus derechos de nacimiento.

Por eso el sultán eligió a tu hermano como heredero al trono. Y llevas todos estos años intentando recuperarlos.

Sabía la verdad. Hafiz sintió una inmensa vergüenza que le quemaba las venas e, instintivamente, se encogió de hombros.

Incapaz de mirarla a los ojos, a pesar de que ella tenía todo el derecho del mundo a juzgarlo, mantuvo la vista fija en el suelo.

—¿Cómo sabes todo eso? —preguntó con voz ronca.

—Me hubiera gustado saberlo por ti —Lacey interrumpió los golpecitos en el suelo y un denso silencio envolvió al príncipe.

Hafiz no contestó. Le hubiera gustado poder negarlo, pero llevaba una década soportando la desgracia y aquello no tenía por qué ser diferente.

Y, sin embargo, lo era. No quería que Lacey conociera sus errores. No quería que supiera la clase de persona que había sido.

—¿Por qué no me lo contaste? —fue Lacey la que rompió el silencio.

Porque cuando estaba con ella se convertía en mejor persona. Con Lacey podía ser el hombre que quería ser, el príncipe en que aspiraba a convertirse para su país. Lacey le creía capaz de lograr lo imposible y sabía que a su lado podría hacerlo. De haber conocido su pasado, ¿lo habría seguido creyendo? Estaba seguro de que no.

Pero Lacey lo había averiguado. Y su opinión significaba mucho para él. No sabía cómo iba a soportar su desprecio.

—No es algo de lo que me enorgullezca.

—¿Y por eso decidiste ocultármelo? —preguntó ella percibiendo la ira en la temblorosa voz del príncipe—.

¿Por eso solo me ofreciste un aspecto de ti? Pensaba que estábamos más unidos.

Hafiz abrió la cortina y dejó entrar la luz del sol. La imagen de su adorado país no consiguió calmar su remordimiento. Se estaba ahogando y no había posibilidad de escapatoria.

Cerró los puños con fuerza y se imaginó el alivio que sentiría si atravesara la ventana con ese puño. En su mente oyó el estallido del cristal, pero no podía ceder al impulso. Aunque... qué no estaría dispuesto a hacer por salir de esa habitación, lejos de la firme mirada de Lacey.

–¿Eras un adolescente cuando perdiste el título de príncipe heredero?

–No. Tenía veintiún años y ya era un adulto –Hafiz tenía la sensación de que esa sería la pregunta más sencilla a la que iba a tener que enfrentarse.

–¿En serio? –ella chasqueó la lengua–. Los veintiún años es la edad de forzar hasta el límite.

Él sacudió la cabeza. La espontánea defensa de Lacey debería haberle reconfortado, pero sería solo un consuelo fugaz.

–Para mí las cosas son diferentes.

–¿Por tu condición de príncipe? ¿Por ser el heredero al trono?

–Porque mi país se hizo muy próspero cuando yo tenía dieciocho años. Fui enviado a los Estados Unidos de América para recibir una buena educación. Para aprender a proteger y aumentar esa riqueza –Hafiz respiró hondo y se volvió hacia ella–. Pero lo que hice fue gastarla.

–¿Todo? –Lacey abrió los ojos desmesuradamente.

–No. La cantidad no importa –esa cantidad la llevaría grabada a fuego en su alma por toda la eternidad. Sin embargo, la cifra jamás podría igualar el sufrimiento de su pueblo–. Me lo gasté. Lo robé –el príncipe se estremeció ante la crudeza de su propia narración–. Robé el dinero al pueblo de Rudaynah para gastarlo en mi placer. Era el príncipe playboy.

–Eso no es nada propio de ti –Lacey lo miraba como si de repente fuera un extraño. Sin embargo, era mejor que el desprecio que él sentía por sí mismo.

–Pues era yo –insistió él–. Búscalo tú misma. El sultán intentó borrar el escándalo, pero, si buscas bien en Internet, todavía puedes encontrar algo. Mis despilfarros eran legendarios.

–¿Y cómo se terminó todo aquello?

–El sultán recibió informes y me hizo regresar. En cuanto llegué vi todo lo que aún faltaba por hacer en Rudaynah. Eso me hizo sentir más vergüenza que cualquier castigo.

–Y tu castigo por gastarte el dinero fuer perder los derechos al trono –Lacey frunció el ceño.

–No. Se me retiró toda responsabilidad y autoridad. Cualquier derecho y privilegio. Se me perdonó el ser azotado por mi estatus social y no volví a salir de Rudaynah hasta que hube recuperado la confianza de mi padre. Y, aun así, no crucé la frontera hasta que lo consideré necesario.

–Pero eso sigue sin explicar cómo perdiste tus derechos de nacimiento.

El castigo recibido había sido insignificante en relación al crimen cometido, pero el sultán no quería que la gente conociera toda la historia.

–Uno de los informes recibidos por el sultán tenía que ver con mi amante del momento.

–Entiendo –contestó Lacey secamente.

–No, no lo entiendes –Hafiz la miró a los ojos–. Ella se quedó embarazada.

–¿El hijo era tuyo? –ella palideció, aunque consiguió conservar la compostura.

–Lo descubrí demasiado tarde, cuando ya había abortado –la amargura lo corroía por dentro–. A menudo me he preguntado si el sultán no tendría algo que ver con eso. No abiertamente, por supuesto –añadió con cinismo.

–Sigo sin entenderlo...

–¿No lo entiendes, Lacey? –rugió él–. No estuve a la altura de las expectativas puestas en mí. Demostré que no tenía madera de líder –la lista de sus pecados era larga–. Utilicé el dinero para mi placer. Era imposible que el país se sintiera orgulloso de mí. Era incapaz de asegurarles un buen heredero al trono. Pero, sobre todo, no pude proteger a mi propio hijo.

–Hafiz –Lacey se acercó a él.

El príncipe se preparó para la diatriba, incluso para ser abofeteado. Nada de ello le dolería tanto como la decepción que había sembrado en ella.

Sin embargo, Lacey apoyó una mano en su brazo.

–No permitas que tus errores te definan. Eres un buen hombre.

–Tu opinión no es neutral, pero gracias –él dio un paso atrás. ¿Cómo podía seguir creyendo en él? ¿Acaso no había escuchado lo que le había contado?

–Confía en mí. Yo no lo abandonaría todo por un príncipe playboy. Y desde luego no seguiría a cualquiera a la otra punta del mundo.

–Si no recuerdo mal, el término que empleaste fue «infierno» –le recordó él.

–Rudaynah te necesita –a pesar del dolor, Lacey no cedió–. El error que cometiste no fue en balde –hizo una pausa en busca de las palabras adecuadas–. Has renacido de tus cenizas como el ave fénix. Eres más fuerte e inteligente. Todos estos años has trabajado duro para cuidar de tu pueblo.

Pero jamás recuperaría la confianza de ese pueblo. Su hermano guardaba las distancias, como si las decisiones equivocadas fueran contagiosas. Y sus propios padres no soportaban tenerlo delante.

–No soy la clase de hombre que intentas describir –aunque desde luego desearía serlo. Desearía merecerse la admiración de esa mujer.

–Eres bueno para Rudaynah. El sultanato te necesita –insistió ella mientras le tomaba el rostro entre las manos–. Si no pensara así, te llevaría conmigo.

Hafiz apoyó el rostro en las dulces manos, pero una llamada al móvil le interrumpió.

–No contestes –susurró Lacey.

–Podría ser Glenn. Solo llamaría si hubiera alguna noticia importante –Hafiz descolgó–. ¿Sí?

–Nos han negado los visados de salida –informó el guardaespaldas.

–¿Han explicado el motivo? –una sensación de frialdad invadió al príncipe al considerar las posibles consecuencias.

–No, pero se comportan de una manera muy extraña, como si jamás hubiera sucedido algo así. ¿Qué propone que haga ahora, Alteza?

–Enseguida te llamo –Hafiz colgó la llamada y miró por la ventana. Rápidamente analizó el último movimiento del sultán y lo que representaba. No le gustó ninguna de las respuestas posibles.

–¿Sucede algo? –preguntó Lacey.

–Os han negado los visados de salida –murmuró él mientras pensaba en el siguiente paso a dar.

–Yo creía que no era más que una formalidad –ella dio un respingo y se cubrió la boca con una mano–. Tu padre conoce mi existencia. Sabe que soy tu amante.

–No nos precipitemos. Podría ser un simple error administrativo –Hafiz intentaba tranquilizar a Lacey, aunque era consciente de que sus respuestas no lo conseguirían.

–Eso no tiene ningún sentido. ¿Por qué no puedo abandonar el país? Lo lógico sería que tu padre me escoltara hasta la frontera para asegurarse de que me marchaba de inmediato.

–No necesariamente –reflexionó él con amargura.

–¿Qué está pasando aquí? –ella apretó los labios.

–Existe la posibilidad –explicó él– de que el sultán considere tu presencia ventajosa para él. Me convertiría en el novio más complaciente del mundo.

–No me gusta cómo suena eso –contestó Lacey–. ¿Estoy metida en un lío? ¿Va a utilizarme?

–Debería haberlo previsto –murmuró Hafiz–. No es la primera vez que lo hace.

–¿Cuándo lo ha hecho? ¿Hace diez años? –ella respiró hondo–. Hafiz, necesito saberlo. ¿Qué sucedió con tu última amante? La que se quedó embarazada.

Capítulo 7

HAFIZ se apoyó contra la ventana y cerró los ojos, embargado por la sensación de culpabilidad. Jamás olvidaría esa etapa de su vida y se negaba a perdonarse a sí mismo. Los errores cometidos formaban parte de él y habían influido en sus decisiones desde entonces.

–Se llamaba Elizabeth –contestó–. Yo ya era todo un playboy cuando la conocí en Montecarlo.

–¿Cómo era? –preguntó Lacey.

–Hermosa. Profesional. Ambiciosa.

–Haces que parezca una persona fría y sin sentimientos –ella frunció el ceño.

–Se ganaba la vida como amante –lo que había compartido con Elizabeth no tenía nada que ver con el cariño y el afecto–. Nuestra relación fue puramente física, por decisión de ambos.

Porque a él no le había interesado comprometerse, demasiado ocupado participando en fiestas, apostando y explorando el mundo lejos de Rudaynah y la vida en palacio. Hafiz se obligó a continuar. Lacey necesitaba oírlo.

–Llevábamos juntos unos meses cuando supe que estaba embarazada –el príncipe desvió la mirada–. No reaccioné bien a la noticia. Ojalá pudiera volver atrás y cambiarlo todo.

–¿Qué hiciste? –preguntó Lacey.

Hafiz no deseaba dar voz a los recuerdos que lo atormentaban, a los momentos que habían demostrado la clase de hombre que había sido.

–Estaba furioso. Asustado –admitió con un suspiro–. Un bebé lo cambiaría todo y juré que era imposible que fuera mío. No quería que fuera mío.

–No te imagino comportándote así, Hafiz –Lacey apoyó una mano en el fuerte hombro.

–Pues era yo. Un príncipe egoísta y malcriado que sabía que estaba a punto de perder su libertad. Acusé a Elizabeth de ser infiel. No iba a permitirle atraparme o extorsionarme económicamente –él se revolvió los cabellos–. No soporto recordar cómo la traté.

–Quizás fuera tu primer impulso, pero seguro que te volviste más racional en cuanto te calmaste.

–La abandoné –Hafiz sacudió la cabeza. Lacey tenía una opinión demasiado elevada de él–. Mi padre me había ordenado regresar y aproveché la ocasión para huir de mis responsabilidades.

–Tú nunca harías algo así –ella lo miraba incrédula.

–Fue durante mis momentos más bajos. Intentaba ocultar lo que había hecho y también la persona que era. Ocultárselo al sultán y a mi pueblo. Incluso a mí mismo.

–Imposible.

–No me resultó tan difícil. Quería convencerme de que Elizabeth era la mala de la película. Creía que me había engañado y que había recibido su merecido por intentar atraparme.

–¿Y cuándo decidiste que no era la mala?

–No fue por algo en concreto. Poco a poco empecé a comprender cómo había tratado a todo el mundo en esa época de mi vida. Debería haberme comportado mejor con ella.

–¿Intentaste encontrarla después para arreglarlo?

–No se me permitía viajar –él asintió–, pero eso no iba a detenerme. Hice que uno de mis hombres la buscara –respiró hondo–. Pero llegué demasiado tarde. Elizabeth había abortado.

Se hizo un denso silencio mientras Hafiz recordaba aquella llamada. Se había sentido roto de dolor y no había vuelto a ser el mismo tras saber que no había protegido a su hijo no nacido.

–Estaba furioso conmigo mismo –continuó–. Si le hubiera mostrado a Elizabeth la menor preocupación o algo que le hiciera pensar que podía contar conmigo, jamás habría tomado esa decisión tan drástica.

–¿Y crees que tu padre tuvo algo que ver?

–Estoy seguro. Elizabeth se lo insinuó a mi hombre, pero creo que tenía demasiado miedo para confesarlo abiertamente. Tenía miedo de enfadar al sultán. Y no le faltaban motivos.

–¿Debería yo tener miedo?

–No –aseguró Hafiz–. Puedes contar conmigo. Nunca te abandonaré.

–Lo siento –Lacey se pegó a él–. Siento que mi presencia en tu vida esté causando tantos problemas –el aire estaba cargado de electricidad, pero Hafiz no hizo amago de tocarla.

–Tú no eres una carga –contestó secamente. Tener a Lacey en su vida había sido una bendición.

Ella se inclinó hacia delante y apoyó la frente en su hombro. Hafiz permaneció tenso, inmóvil. Seguía corriendo un gran riesgo. Si alguien entraba en la habitación y lo veía a solas con Lacey... ni siquiera se atrevía a pensar en las consecuencias.

–Tengo que irme –Hafiz se aclaró la garganta y se apartó de ella–. Sé cómo arreglar todo esto.

–¿Qué vas a hacer? –ella lo siguió hasta la puerta.

–Lo que sea necesario –el príncipe sonrió con amargura.

–Esta recepción es la más lujosa a la que he asistido nunca. No sé cómo lo han podido pagar Inas y su esposo –exclamó Janet pocos días después mientras se abrían paso desde la pista de baile hasta el buffet–. Me muero de ganas de probar la comida.

–¿Dónde están los hombres? –preguntó Lacey. El salón de baile estaba atestado de mujeres. A su alrededor revoloteaban telas de brillantes colores y las conversaciones alcanzaban elevados decibelios. El aire estaba impregnado de intensos perfumes.

–Ellos celebran su fiesta en el salón de baile que hay al otro lado del pasillo –le informó su amiga–. En Rudaynah, los hombres y las mujeres no celebran juntos las fiestas. Así ellas pueden, literalmente, soltarse el pelo y bailar.

Lacey contempló a la novia, sentada en el estrado. Le resultaba muy extraño que una pareja de recién casados celebrara el banquete de boda por separado. ¿Era un ejemplo del futuro que les aguardaba? ¿Seguirían caminos distintos, vidas separadas? ¿Eran así todos los matrimonios allí?

–No veo a Inas –observó ella tras estudiar a las mujeres que acompañaban a la novia.

–Ya la encontraremos. Por cierto, me encanta esa ropa que llevas puesta.

–Gracias –Lacey se miró el caftán de un color azul claro que llevaba–. Quería ponérmelo una última vez antes de marcharme.

No había estado segura de lo apropiado de las mangas transparentes o el modesto cuello. La falda se abría suavemente y el complicado bordado hacía juego con el de las zapatillas.

–¿Has conseguido ya los visados de salida?

–Eh... sí –mintió ella–. Ya queda poco para que me marche –en realidad, esa misma noche, aunque no quería que nadie lo supiera.

Consultó la hora y dio un respingo. Ya debería estar en su casa para recoger sus cosas.

–Janet, vete tú al buffet, yo tengo que irme.

–¿Ya? –ella sacudió la cabeza–. Te vas a perder a las bailarinas y el desfile nupcial. ¡Por no hablar de la comida!

–Lo sé, pero al menos he podido venir un rato. Espero no ofender a Inas al irme tan pronto.

–Lo entenderá –Janet la abrazó–. Seguramente te la encontrarás a la entrada saludando a los invitados.

Lacey se abrió paso entre las numerosas mujeres y no pudo evitar preguntarse si la recepción de la boda de Hafiz sería igual. Arrinconó la idea en su mente. No estaba dispuesta a torturarse imaginándose cómo iba a ser la boda de Hafiz con otra mujer.

–¡Inas! –en efecto, su amiga estaba a la entrada–. Inas, qué boda tan hermosa, y tu hija también –echó una última ojeada a la joven que se hallaba sentada en el estrado. Tanto el velo como el vestido rojo estaban cubiertos de un intrincado bordado y de su cuello y muñecas colgaban grandes piezas de oro–. Parece una princesa.

–Lacey, me alegra tanto verte... –Inas le dio un beso en cada mejilla–. ¡No te imaginas quién ha venido! –casi gritó la mujer.

–¿Quién? –Lacey no se imaginaba quién podría provocar tal excitación en su amiga.

–¿Inas? –una mujer mayor la llamó.

El gesto de Inas cambió de inmediato. La sonrisa se hizo más amplia y se estremeció de alegría. Tuvo que hacer un gran esfuerzo por mantener la mirada baja en señal de cortesía hacia la otra mujer. Con las manos unidas frente a ella, habló respetuosamente en árabe.

Lacey instintivamente retrocedió. Algo le decía que debería mezclarse con la gente y desaparecer.

–Permítame presentarle –Inas le impidió marcharse agarrándola de un brazo.

Lacey miró fijamente a la mujer mayor cuyos cabellos grises estaban cubiertos por un pañuelo blanco y el cuerpo por un caftán bordado.

–Majestad, le presento a Lacey Maxwell. He sido su profesora de árabe desde que llegó a nuestro sultanato. Lacey, te presento a la sultana Zafirah de Rudaynah.

La madre de Hafiz. Lacey sintió que le flaqueaban las piernas y lo disimuló con una temblorosa reverencia.

Contempló a la sultana a través de los ojos entornados y descubrió a la otra mujer inspeccionándola como si se tratara de un raro insecto. Tuvo que esforzarse para no mirarla directamente a los ojos. «Seguramente por esto no quería Hafiz que conocieras a su familia».

Lacey buscó la puerta de salida con la mirada mientras se preguntaba cómo iba a poder salir de aquella situación. Su mente estaba en blanco y el pánico le congelaba la garganta.

–Tengo entendido que uno de sus hijos va a casarse pronto –observó en lo que esperaba fuera un tono suficientemente respetuoso–. Enhorabuena.

–Gracias –la sultana se puso tensa y Lacey se preguntó si habría roto alguna regla del protocolo.

–Estoy segura de que la señorita Abdullah será una preciada incorporación a la familia real –continuó ella en tono dubitativo.

–Desde luego, mucho más preciada que mi hijo –la sultana se encogió de hombros con desdén.

Lacey se sintió a la par escandalizada e indignada.

¿Cómo se atrevía la sultana a hablar así de Hafiz? Además, se lo había soltado sin más a una extraña. A saber qué diría en privado.

Desvió la mirada y luchó por contener sus palabras. ¿No comprendía la sultana Zafirah lo mucho que su hijo trabajaba y se sacrificaba para enmendar sus errores? ¿No veía que se había convertido en una persona sumamente válida? ¿Se negaba a reconocer los logros ya conseguidos por su hijo?

Las lágrimas ardían en los ojos azules mientras la esperanza inundaba su pecho. ¿Por qué iba a preferir Hafiz permanecer junto a su familia en lugar de con ella? La idea se deslizó entre sus costillas como una navaja antes de dar un giro mortal. ¿De verdad era lo que deseaba?

¿Cómo iba a abandonar a Hafiz dejando que se enfrentara solo a aquello? En el fondo era consciente de no ser ninguna aliada. Era una carga. Iba a marcharse de su lado para que él pudiera convertirse en el hombre que deseaba ser. Rudaynah debía beneficiarse de las ideas y la capacidad de liderazgo de su príncipe, y ella quería que reconocieran su valía.

Desde un punto de vista puramente egoísta, quería que su sacrificio significara algo. Quería que mereciera la pena el dolor que sentía, si era posible.

El salón de baile quedó de repente a oscuras. A la exclamación inicial de sorpresa le siguió otra generalizada de fastidio de una gente habituada a los cortes de electricidad. Ya se sentía la diferencia de temperatura al haberse parado el sistema de aire acondicionado.

—No hay por qué preocuparse, señorita Maxwell —anunció la sultana. Su séquito empujó a la joven en su afán de rodear a la mujer más mayor—. El generador se pondrá en marcha enseguida.

—Sí, Majestad.

Las luces de emergencia se encendieron poco a poco, arrojando una tétrica luz verde sobre los invitados. Y, de repente, las luces se encendieron antes de volverse a apagar.

–¡No, no, no! –exclamó Inas–. Esto no puede suceder en la boda de mi hija.

–Iré a ver si hay luz en alguna parte del hotel –se ofreció Lacey. Sospechaba que únicamente le quedaban escasos minutos para marcharse antes de que volviera la electricidad.

Aprovechándose de la conmoción general, se abrió paso hasta la salida. Pero, cuando consiguió abrir la pesada puerta de metal, descubrió que el pasillo estaba tan oscuro como el salón de baile. En cuanto hubo cruzado el descansillo, respiró aliviada.

Por mucho que deseara compartir con su amiga ese momento de celebración, el matrimonio en Rudaynah le resultaba deprimente. Era más una alianza comercial que la unión entre dos corazones. La fusión entre dos familias y dos propiedades.

La luz regresó y del salón de baile surgieron murmullos de felicidad. Lacey corrió escaleras abajo hasta el vestíbulo principal, pero se detuvo al ver a una familiar figura vestida de gris esperándola al pie de las escaleras.

–¿Dónde estabas? –preguntó Hafiz mientras consultaba nervioso su reloj–. Teníamos que encontrarnos en tu apartamento.

–¿Hafiz? –ella recordó que la sultana y las personas más influyentes del país se encontraban muy cerca. El príncipe se estaba arriesgando mucho–. No puedes estar aquí. Es demasiado peligroso. Tu...

–Soy muy consciente de ello –asintió él mientras se colocaba a su lado–. Si quieres llegar a Abu Dhabi esta noche, tenemos que irnos ya.

–Siento haberme retrasado. Yo nunca llego tarde a ningún sitio.

–Mi limusina espera junto a la entrada –Hafiz apretó los labios–. En cuanto nos vayamos de aquí quiero que me expliques qué estabas haciendo con mi madre.

Lacey se puso tensa ante el tono de acusación de la voz del príncipe. ¿Cómo lo había averiguado? No le hacía falta mirarle a la cara para saber que estaba enfadado. Pero ¿por qué la culpaba a ella?

–No sabía que la sultana fuera a venir. ¿Cómo iba a saberlo?

Hafiz murmuró algo mientras la arrastraba fuera del hotel. Lacey se sintió culpable. No le gustaba sentirse como un obstáculo y odiaba ser la fuente de los problemas de ese hombre.

De inmediato se detuvo en sus pensamientos. Ella no era ningún obstáculo. No era una carga. Lo único de lo que podía acusársele era de amar a un hombre que no la consideraba lo bastante buena para casarse con ella.

Capítulo 8

HAFIZ mantuvo una tensa calma mientras se instalaban en la limusina. Aquella noche iba a echar de su vida a la persona que más le importaba en el mundo. Tenía ganas de gritar, de destrozar todo a su alrededor y dejar que la ira lo consumiera. Pero en cambio cerró la puerta del coche con suma delicadeza.

Apenas miró a Lacey mientras el vehículo avanzaba a toda prisa. No se fiaba de sí mismo.

¿Qué tenía esa mujer? ¿Por qué desataba en él ese comportamiento autodestructivo? ¿Por qué había estado dispuesto a arriesgarlo todo por ella? ¿Qué le hacía bajar tanto la guardia y arriesgarse a ser descubierto? ¿Por qué no podía haberse enamorado de alguien que le complicara menos la vida?

—No tengo nada que decir —ella mantuvo la vista al frente—. No he hecho nada malo.

—Sí, lo has hecho —Hafiz agitó una mano en el aire.

Tiempo atrás, la tristeza de Lacey lo habría destrozado y habría hecho cualquier cosa por verla feliz, pero en esos momentos deseó que pudiera ver el mundo a través de sus ojos.

—No tengo que darte explicaciones —continuó ella—. Mi amiga me presentó a tu madre. Pensó que era lo bastante buena para conocer a la sultana. ¿Por qué tú no lo crees así?

—¿Sabe tu amiga todo sobre ti? —preguntó él—. ¿Sabe que eres la amante del príncipe?

–Por supuesto que no –Lacey puso los ojos en blanco.

Hafiz miró a la joven con severidad. Llevaba medio año en su país, pero seguía sin comprender cómo funcionaba el sultanato de Rudaynah. Lo había arriesgado todo por verla aquella noche. Se armaría un monumental escándalo si lo encontraran a solas con una mujer. Y, si descubrían que era su amante, los resultados serían catastróficos.

–Siento que te incomode el que haya conocido a la sultana –añadió furiosa.

¿De verdad lo sentía? ¿Acaso no le había sugerido días atrás que viviría mejor sin el título? Lacey estaba furiosa por el abrupto fin de su sueño, mientras que a él le estaban ofreciendo el objetivo de todos sus desvelos. No hacía falta mucho para eliminar sus posibilidades, pero no pensaba que Lacey fuera tan diabólica.

–No, no lo sientes. Quieres que me sienta incómodo y preocupado. Estás disfrutando con todo esto –el príncipe se agarró a la puerta del coche cuando tomaron una curva cerrada–. Quiero toda la verdad. ¿Desde cuándo conoces a mi madre?

–Acabo de conocerla –insistió Lacey–. Aún no hemos mantenido una conversación profunda.

Hafiz sacudió la cabeza. Los ojos de Lacey brillaban inocentes y aun así no creía que la reunión hubiera sido fortuita. Podía haberlo organizado todo para dejar caer un par de bombas. Ni se atrevía a pensar en cuántas ocasiones le habrían engañado esos ojos azules.

–Te juro que no le he dicho nada.

–Esto no puede estar sucediendo –murmuró él. A pesar del cuidado que había tenido para mantener a su familia separada de su vida privada, su madre había conseguido conocer a su amante. Ser presentada a una amante o concubina era una grave ofensa para la sul-

tana. Si la verdad saliera a la luz, lo pagaría muy caro–.
Lo tenías todo planeado, ¿verdad?

–¿Planeado el qué? ¿Conocer a tu madre? –preguntó
Lacey con evidente agotamiento.

–Desde que llegaste al país me has estado insinuando
que querías conocer a mi familia. Al final era claramente
una exigencia más que una solicitud.

–Eso fue antes de que comprendiera que nuestra relación era totalmente prohibida –Lacey se frotó el rostro con
las manos y suspiró–. Antes de saber que yo era muy inferior a ti y no lo bastante buena para conocer a tu familia.

–Te dije que era muy complicado –¿inferior a él?
¿De dónde había sacado esa idea?

–Pero nunca me dijiste que fuera imposible –ella se
volvió hacia la ventanilla, como si no soportara mirarlo
a la cara–. Debería haberme imaginado que tramabas
algo cuando te negabas sistemáticamente a presentarme
a tus amigos. Qué ingenua fui.

–No tengo nada por lo que disculparme.

–Me trajiste con falsas promesas –Lacey sacudió la
cabeza–. Yo creía que viviríamos juntos.

–Yo jamás te prometí tal cosa –Hafiz la miró bo-
quiabierto–. ¿Nosotros dos juntos, en palacio? –se estremeció ante la idea–. Nos habrían echado en cuestión
de segundos.

–Es evidente que tenemos ideas diferentes sobre lo
que significa estar juntos. Jamás se me ocurrió que ocul-
taras mi existencia ante tu familia.

–Y cuando comprendiste que no ibas a conocerles,
decidiste tomarte la justicia por tu mano.

–¿Presentándome a tu madre? ¿De qué serviría?
–ella lo miró–. ¿Qué crees que hice? ¿Colocarme frente
a ella y decirle «Hola, soy Lacey, la amante de Hafiz,
y espero continuar siéndolo después de su boda»? ¿De
verdad me crees capaz de algo así?

–Lo serías si pensaras que serviría de ayuda –él la contempló horrorizado y algo parecido al pánico le contrajo el estómago.

–¿Ayuda? –ella lo miró con creciente sospecha–. ¿Ayuda para qué?

–Ayuda para evitar que me case –Hafiz se había resignado a que en su vida no habría amor ni felicidad y Lacey habría terminado por comprender que no iba a poder evitar la boda.

–Por última vez –exclamó ella con voz crecientemente aguda–. No intentaba arruinar tu boda. Estoy contraviniendo todos mis instintos al no luchar por ti –ella echó la cabeza hacia atrás y la apoyó contra el asiento–. ¿Por eso estás tan susceptible? Has renunciado a mí y pensabas que iba a luchar por ti. Por nosotros. Y porque me he retirado desde el principio, tengo que estar tramando algo, ¿no?

–¿Y crees que a mí me ha resultado fácil renunciar a ti? ¿No crees que tuve miles de dudas? He pospuesto esta boda todo lo que he podido para estar junto a ti.

–Pospusiste la boda hasta conseguir un acuerdo más ventajoso –masculló Lacey entre dientes–, por ejemplo, una nueva oportunidad para ser el príncipe heredero. En cuanto lo obtuviste, no perdiste el tiempo en deshacerte de mí.

–Lacey, yo no soy como tus padres, intenta no compararme con ellos. No prescindí de ti para perseguir una ambición.

–No metas a mis padres en esto.

–Crees que te abandono por ambición, igual que hicieron tus padres. Actúas como si mi vida fuera a ser un torrente de felicidad y abundancia. ¿Crees que tus padres viven mejor sin ti?

–¡Sí! –exclamó ella.

–Pues te equivocas, Lacey –Hafiz la miró fijamente–. Se han perdido muchísimas cosas.

–No, tú eres quien se equivoca. Yo les impedía vivir la vida que deseaban vivir. En cuanto desaparecí de la ecuación, partieron en pos de su sueño. Son más felices de lo que lo han sido nunca.

–¿Por qué te comportas como si estuviera renunciando a ti a cambio de algo mejor? –esa mujer no era consciente de la cantidad de veces que iba a recordar sus momentos juntos–. Voy a casarme con una desconocida –le recordó.

–Hiciste una elección, Hafiz. Y yo no fui la elegida. Nunca me hubieras elegido a mí.

Una idea cruzó de repente la mente del príncipe. «Había estado esperando a que ocurriera».

–Tú no luchas por mí porque en el fondo sabes que un día iba a tener que elegir. Y sabes que no ibas a resultar beneficiada.

–No lucho por ti porque sé que hemos agotado nuestro tiempo –ella respiró hondo–. Debería haberme conformado con un revolcón de una noche y cortar contigo al día siguiente.

–¿Disculpa? –él se sintió invadido por una ardiente ira. Lo que Lacey y él habían compartido no podía concentrarse en una sola noche.

–Sabía que me traerías problemas, pero eso no me detuvo. Al contrario –Lacey sacudió la cabeza con desdén–. Admitámoslo, tú no pensaste en un «felices para siempre» tras esa primera noche.

–Lo único que sabía era que no podía mantenerme alejado de ti –Hafiz se frotó los ojos.

–Y seguías regresando. Yo solía contar los días que pasaban hasta que volvíamos a vernos. Pensaba que tú hacías lo mismo.

–Y lo hacía –la anticipación que ardía en sus venas y le comprimía el pecho jamás había amainado.

–Hasta hace muy poco no comprendí que teníamos enfoques diferentes en este asunto. Yo era tan feliz, estaba tan enamorada, que deseaba compartirlo con el mundo entero. Tú, en cambio, querías mantener esta relación en secreto porque te avergonzabas de ella.

–Por última vez, Lacey, no me avergüenzo de...

–De mí no –lo interrumpió ella con voz temblorosa–. Te avergonzabas de no poder mantenerte apartado de mí. Después de una década resistiéndote a la tentación, demostrando tu fuerza de voluntad, tu fortaleza, eras incapaz de mantenerte alejado de mí. De una mujer corriente, sin importancia, era tu debilidad.

Abrumado, Hafiz cerró los ojos. Tenía razón. No le gustaba la capacidad de Lacey para leerle el pensamiento. Ella le entendía mejor que él mismo.

–Soy el príncipe Hafiz ibn Yusuf Qadi –declaró él con calma–. Llevo los últimos diez años intentando demostrar que soy merecedor de ese nombre. He acallado todo impulso salvaje en mí y nada podría hacer que me apartara del camino recto. Y entonces te conocí.

–Haces que parezca un vicio, algo a lo que debas renunciar para ser mejor persona.

–Y te vi sentada al piano en el hall de ese hotel –inmerso en sus recuerdos, Hafiz continuó–. Ni siquiera me paré a pensar. Me sentí atraído hacia ti como el marinero al canto de las sirenas.

–Sentirse atraído hacia mí no tiene por qué significar una debilidad de carácter. Enamorarse de mí no es ningún pecado.

–Lo es para un príncipe del sultanato de Rudaynah.

–Y a pesar de eso me pediste que viniera a vivir aquí –ella se cruzó de brazos y lo miró fijamente–. Yo creía que me amabas, pero resulta que lo hiciste porque soy una especie de vicio al que no eras capaz de renunciar.

–Tú no tienes esa clase de poder sobre mí –rugió él con furia–. Nadie lo tiene.

–Sobre todo una joven que no entiende la política de la corte ni a la gente influyente. Por eso te pareció seguro traerme aquí.

–Tenerte aquí nunca fue seguro –bufó Hafiz.

–Yo creía que confiabas en mí. Pensaba que era diferente de las demás personas que conocías, que era especial para ti. Pero no es así, ¿verdad? En todo momento controlaste la situación, te aseguraste de que no estuviera nunca en posición de quebrantar tu confianza.

–Pues no me fue muy bien –murmuró el príncipe.

–Ojalá no hubiera sabido nada de esto –Lacey se pasó las manos por las mejillas–. Ojalá hubiera abandonado Rudaynah la noche que supe lo de tu compromiso.

Hafiz permaneció en silencio. Debería estar de acuerdo. Esa mujer era su debilidad, su vulnerabilidad, pero no quería dejarla marchar.

–Esa noche fue mágica –continuó ella con la nostalgia reflejada en la mirada–. Fue la despedida perfecta. Habría podido seguir pensando que teníamos algo especial. Que yo era especial.

El príncipe apretó los puños. Deseaba poder contarle a Lacey lo especial que era para él, pero ¿qué sentido tendría? Lo suyo había terminado para siempre.

–Crees que no soy buena para ti –insistió Lacey–. Crees que soy la prueba de tu mala cabeza, que simbolizo todos los salvajes impulsos de los que no eres capaz de librarte. Uno de estos días vas a darte cuenta de que soy lo mejor que te ha sucedido nunca –le señaló con un dedo–. Un día te darás cuenta de que todo lo que hice fue protegerte.

–No necesito tu protección, Lacey –él sacudió la cabeza–. Era yo quien debía protegerte a ti.

–Quería ser tu confidente –ella pestañeó para intentar contener las lágrimas–. Tu compañera. Mi meta era ayudarte a ser el mejor príncipe posible.

–Y a cambio tú te convertirías en princesa –Hafiz hizo una mueca, aunque de inmediato comprendió que no había sido esa la motivación de Lacey.

–Si piensas así es que no me conoces –ella dejó caer los hombros como si ya no le quedara energía para luchar–. Pensaba que lo sabías todo sobre mí.

–Y tú lo sabes todo sobre mí. Confié en ti cuando no debería haberlo hecho.

–¿Por qué insistes en creer que te he traicionado? –Lacey lo miró fijamente.

La pregunta fue formulada casi en un susurro. La expresión de dolor de los ojos azules amenazaba a Hafiz con hacerle pedazos por dentro. Había sido mezquino y sabía que iba a lamentarlo.

–Porque eres una querida. Una perdida. La traición es tu única arma contra mí –Hafiz era consciente de estarle haciendo daño en su punto más vulnerable, pero era su única garantía. La frialdad demostrada hacia ella evitaría que Lacey intentara retenerle. Tenía que protegerla incluso si ello significaba destruir el amor que sentía por él.

La oscuridad surgió del interior del príncipe que luchó contra la gélida amargura que lo llenaba. No era la primera vez que luchaba contra ella, pero en esa ocasión estaba solo. En el pasado, Lacey había sido la única persona capaz de contener el torrente.

–Si soy una perdida no deberías ser visto en mi compañía. ¿Por qué sigues aquí? –preguntó ella con voz cada vez más débil mientras cruzaba las piernas y se cruzaba de brazos en un intento, en opinión de Hafiz, de apartarse de él todo lo posible–. Para el coche para que pueda bajarme.

–Ya basta –exclamó él con tono acerado–. Me aseguraré de que subas a ese helicóptero.

–Soy perfectamente capaz de llegar sola –ella alzó desafiante la barbilla.

–Seguro que sí, pero tú no tienes acceso al palacio.

–¿El palacio? –preguntó ella con el cuerpo tenso y la voz cargada de pánico mientras se volvía bruscamente hacia la ventanilla. Al no ver nada, se asomó a la ventanilla de Hafiz.

El príncipe percibió el instante en que ella divisó los altos muros que rodeaban el palacio. El monumento histórico parecía más una fortaleza que el hogar de un sultán. No era opulento ni majestuoso. Los edificios curvos, techos abovedados y grandes arcos estaban hechos de adobe. Eran edificios funcionales y fríos para resistir el calor del desierto.

El palacio también estaba diseñado para intimidar a los enemigos. Lacey tenía una expresión de inquietud en el rostro al traspasar la verja y Hafiz evitó tranquilizarla. Necesitaba que se centrara en abandonar aquel lugar sin mirar atrás.

–No puedo volver a verte –le informó.

–No quiero que lo hagas –los ojos azules estaban nublados por el dolor.

–Lo digo en serio, Lacey –el príncipe soltó un bufido.

–Y yo también. No se me da muy bien compartir –le tembló la barbilla y se le llenaron los ojos de lágrimas–. No te pongas en contacto conmigo a no ser que hayas cambiado de idea y me desees a mí únicamente.

Eso no iba a suceder, pensó Hafiz. No podía suceder.

La limusina se detuvo junto al helipuerto. El príncipe descendió del coche y le ofreció una mano a Lacey. Cuando ella dudó, la agarró firmemente de la muñeca. Una ardiente descarga le atravesó la piel, pero la ignoró mientras la ayudaba a bajarse de la limusina.

Los largos cabellos rojos ondearon al viento mientras él la llevaba junto al piloto que aguardaba frente al helicóptero. Tras gritarle una serie de instrucciones, vio cómo Lacey subía a bordo sin aceptar la ayuda que le ofrecía. Hafiz le dedicó una mirada de advertencia.

Una advertencia que se esfumó al fundirse sus miradas. Incluso después de lo sucedido, después de todo lo que se habían dicho, anhelaba un último beso. Se sentía desesperado y su boca ardía en deseos de saborear los dulces labios. El deseo lo atravesaba como las cuchilladas de una navaja porque sabía que Lacey se marchaba de su lado para siempre.

Desvió la mirada, la oscuridad de su interior eclipsaba el dolor de saber que era la última vez que la iba a ver. Sus caminos jamás volverían a cruzarse y no podía intentar ponerse en contacto con ella. Lacey desaparecería de su vida, pero el recuerdo perduraría en su pensamiento.

—Alteza —gritó el piloto, abriéndose paso entre los pensamientos de Hafiz—. Tenemos que irnos.

El príncipe tuvo un último momento de duda. No podía cortar por lo sano con Lacey, por mucho que deseara hacerlo. Por mucho que necesitara hacerlo por el bien de ambos.

Sus miradas se fundieron de nuevo. De los ojos azules no escapó ni una lágrima, ni una palabra surgió de sus labios. Lacey no se movía, pero su lucha por mantener la compostura era evidente. Era una pose, su manera de decirle que iba a estar bien.

Estaba hermosa y elegante. Majestuosa. Hafiz creyó que el corazón iba a estallarle en el pecho. Lacey estaba mucho más hermosa que la primera vez que la había visto. Se consideraba afortunado por haberla conocido y amado, pero ella jamás lo sabría. Sentía la garganta cerrada y el cuerpo sin energía.

Tenía que decírselo. Había pensado que sería mejor no hacerlo, no darle ninguna respuesta que le infundiera esperanza, una razón para luchar. Pero no podía dejarla marchar convencida de que no le importaba.

—Te amo, Lacey.

Ella lo miró incrédula y frunció el ceño como si pensara haber oído mal. Como si solo hubiera oído lo que deseaba oír.

—Quizás pienses que te odio, o que me avergüenzo de ti —continuó él por encima del ruido del rotor—, pero no es verdad. Corrí todos esos riesgos porque te amo. Siempre te amaré.

Lacey alargó una mano en el preciso instante en que el helicóptero empezaba a elevarse. Hafiz quiso tomarle esa mano, pero se obligó a contenerse.

El helicóptero se elevó hacia el cielo, llevándose con él a su amada, su última oportunidad de ser feliz.

Pero él no se merecía ser feliz. No se merecía una vida junto a Lacey.

El príncipe permaneció en el mismo lugar, aunque su instinto le gritaba que corriera tras ella. Un desgarrado sollozo escapó de su garganta mientras veía alejarse el helicóptero, hasta que no se vio el menor rastro del aparato. El silencio atravesó sus sueños y deseos hasta hacerlos añicos a sus pies, y la oscuridad descendió sobre su corazón.

Capítulo 9

LACEY, mi turno está a punto de empezar –gritó Priya por encima de la música–. ¿Estarás bien?

–No tienes de qué preocuparte –Lacey sonrió a su compañera de piso. No le gustaba que Priya tuviera que ejercer de madre, ni que la hubiera arrastrado a esa fiesta para que saliera del apartamento–. Hace mucho que no he ido de fiesta, pero empiezo a recordar cómo era.

–Me alegro –asintió su amiga–. Sé que estás intentando recomponer un corazón roto, pero eres demasiado joven para pasarte todo el día en la cama o trabajando en el hotel.

–Tienes razón –Lacey bebió un trago de cerveza mientras observaba a sus compañeros de trabajo moverse por la piscina del complejo turístico. Formaban una ecléctica mezcla de jóvenes en trajes de baño y vistosos vestidos de verano.

En cuanto Priya se marchó, ella cerró los ojos y suspiró. En cinco minutos se iría también.

Todavía no estaba segura de por qué había optado por quedarse en Abu Dhabi, pero había resultado ser una decisión acertada. La bulliciosa vida nocturna le había permitido encontrar trabajo en un hotel. También había hecho amigos a pesar de llevar solo un mes allí. Y estaba decidida a salir más y a conocer a más gente. Olvidar el pasado y recuperar el tiempo perdido.

En ocasiones la determinación no bastaba. El tiempo vivido en Rudaynah la había cambiado. La había marcado. Lacey miró el bikini violeta que llevaba puesto y el delicado sarong que envolvía sus caderas. Aún no se sentía demasiado cómoda mostrando su cuerpo y prefería seguir los cánones de recato que estaba obligada a respetar en cuanto salía del complejo turístico.

–¡Lacey! –Cody, otro estadounidense que trabajaba en el hotel, apareció a su lado.

La amplia sonrisa, la camisa desabrochada y el brillante bañador rojo eran un reflejo de su actitud ante la vida. Le gustaba flirtear con ella y, aunque sabía que no significaba nada, Lacey intentaba siempre desanimarlo.

–No has bailado ni una sola vez –él le tendió una mano–. Eso hay que solucionarlo.

Ella dudó un instante, consciente de que no supondría el relanzamiento de su vida amorosa, pero la idea de bailar con otro hombre, de tocar a otro hombre, le parecía incorrecta.

«No es más que un baile. No es para tanto». Sabía que Cody intentaría algo más. ¿Cómo explicarle que no se sentía lo bastante fuerte para lanzarse a un alegre revolcón?

Al mirar al joven a la cara, comprendió que enamorarse de nuevo estaba fuera de toda cuestión. Sus labios dibujaron el amago de una sonrisa ante tamaña estupidez. ¿Por qué estaba preocupada? Junto a Cody, o cualquier otro hombre, podía estar tranquila. Ninguno podía acercarse siquiera a Hafiz.

–Claro, ¿por qué no? –Lacey soltó la cerveza y le tomó la mano.

No sintió el cosquilleo de la anticipación cuando el joven apoyó una mano en su cadera, ni cuando los dedos le acariciaron la piel. No sintió excitación. No sintió nada.

En realidad, no había sentido nada desde que el helicóptero había aterrizado en Abu Dhabi hacía un mes. Celebraba todos los ritos de la vida, pero por dentro se sentía muerta.

Bailando en brazos de Cody se preguntó cuánto duraría esa canción. De haber sido Hafiz su compañero de baile, habría deseado que la música no acabara jamás.

Hafiz. Tenía que dejar de pensar en él. La música adquirió un ritmo mucho más movido y ella se apartó bruscamente de Cody.

El joven le hizo un gesto para que siguiera bailando, pero ella solo quería volver a su casa. No, no era cierto. Lo que quería era encontrar a Hafiz.

Eso no iba a suceder, se recordó. Él no la deseaba cerca. Era un vicio, un pecado. Las palabras del príncipe resonaron en su cabeza. Nada había cambiado. Tenía que pasar página.

–¡No te reprimas, Lacey! –gritó Cody mientras saltaba al ritmo de los tambores.

«Sigue adelante. Empieza ahora. Finge hasta que lo consigas». Lacey se movió al son de la música. Ojalá esa música tuviera el poder de hacerle olvidar. Pero la música no alcanzó su corazón, ni llenó su alma como solía hacer.

La música formaba parte de ella. Era mucho más que su medio para ganarse la vida. Era su modo de expresarse y su fuente de paz. Y no podía permitir que Hafiz le arrebatara eso también.

Aceleró el ritmo, moviendo los hombros y las caderas al son de los tambores.

Llevó su cuerpo al límite en un intento de romper el entumecimiento que sentía, de intentar que la música sonara tan fuerte que la impregnara. Si eso no servía, entonces esperaba que el baile la agotara hasta tal punto que consiguiera dormir sin soñar.

Por el rabillo del ojo vio a alguien vestido con un traje negro. Tanta oscuridad estaba fuera de lugar en medio del colorido de la fiesta. Sin embargo, había algo familiar en cómo se movía. El corazón le dio un vuelco antes de pararse.

Hafiz. La sorpresa y la esperanza la atravesaron. ¿Hafiz allí? Imposible. Parpadeó con fuerza y la figura desapareció. Lacey se frotó los ojos. ¿Empezaba a tener alucinaciones?

Con el pulso acelerado, repasó a todos los presentes en la fiesta. ¿Cómo podía haberle parecido tan real? ¿No deberían los recuerdos difuminarse con el tiempo?

Frunció el ceño y reanudó el baile. Decididamente, la cabeza le estaba jugando malas pasadas. Lacey no comprendía por qué lo había visto con un traje negro y camisa sin cuello. El recuerdo que solía tener de él era vestido con las ropas tradicionales de su país, o directamente desnudo.

Cerró los ojos con fuerza e intentó borrar las imágenes de Hafiz en el proceso de desnudarse. «Olvídalo», se ordenó. «Es hora de volver a vivir».

Hafiz observó a Lacey bailar con la misma intensidad que empleaba en la cama. Habían pasado cuatro semanas desde la última vez que la había visto. Desde que le había declarado su amor. Una eternidad. No debería estar allí, pero era incapaz de apartarse de ese lugar.

Y en esos momentos deseó no haber cedido a los impulsos. Estaba furioso, a punto de estallar. Por lo que había podido ver, Lacey era el alma de la fiesta. No se reía, ni siquiera sonreía, pero por su expresión, nada le importaba más en el mundo que esa música.

Posó su mirada en el bikini y el sarong que llevaba. En lugar de ocultar sus curvas las resaltaba. La parte superior del bikini se abrazaba a los pechos y los pezones se adivinaban claramente bajo la tela. El sarong colgaba de las caderas, resaltando la fina cintura.

La mirada continuó hasta el firme estómago. La piel de marfil había sido dorada por el sol, pero se notaba que había adelgazado. ¿Sería por la pena de la separación? El príncipe bufó ante la idea y se cruzó de brazos. Su delgadez se debía más bien a tanta fiesta.

Por mucho que lo intentara, no conseguía apartar la mirada de las largas piernas desnudas. Recordaba cómo esas piernas se habían abrazado a su cintura mientras él la penetraba.

Lacey movió frenéticamente las caderas y él temió que su control fuera a deshacerse. ¿Dónde estaba el voluminoso caftán cuando más lo necesitaba? Empezaba a comprender las ventajas de la prenda.

Aparecía rodeada de alegres jóvenes a los que atraía con el movimiento de sus caderas. Sin siquiera intentarlo, esa mujer era mucho más sensual que cualquier bailarina del vientre ¿Era consciente de que esos tipos harían cualquier cosa por acabar en su cama? Se notaba a la legua.

¿Ya se habrían acostado con ella?

La posibilidad encendió unos amargos celos en su interior. Sin poder aguantar más, se abrió paso entre los jóvenes que rodeaban a Lacey y le agarró la muñeca, dolorosamente consciente del calor que lo invadió ante el contacto.

Lacey abrió los ojos mientras él la abrazaba. Hafiz se estremeció al sentir los suaves pechos contra su firme torso. Después de un mes sin ella, cada uno de sus instintos básicos le gritaba que no la dejara marchar nunca más.

−¿Me has echado de menos, Lacey? −murmuró.

Lacey parpadeó incrédula mientras Hafiz esperaba una respuesta, preguntándose cómo lo saludaría. ¿Lo apartaría de su lado? ¿Lo recibiría con la misma afabilidad con la que se recibía a un viejo amigo? ¿Se mostraría indiferente?

−¿Hafiz?

El príncipe la abrazó con más fuerza y todo a su alrededor, música y personas, desapareció.

–No me puedo creer que estés aquí –Lacey se cubrió el rostro con las manos.

–Sí que me has echado de menos –susurró él mientras le besaba la palma de la mano.

–Por supuesto –ella le rodeó el cuello con los brazos y se agarró a él con fuerza–. ¿Cómo puedes preguntarme algo así?

–Salgamos de aquí –insistió Hafiz. Estaba demasiado impaciente por saborear la boca de Lacey. Lo necesitaba más que el respirar–. Te quiero solo para mí.

El príncipe la condujo lejos de la fiesta, sujetándola fuertemente de la mano, como si temiera volver a perderla. Se dirigió al ascensor que les conduciría al apartamento en el que ella vivía, pero bruscamente se detuvo y la empujó contra un rincón oscuro.

–Demuéstrame cuánto me has echado de menos –había pasado demasiado tiempo y no estaba dispuesto a esperar ni un segundo más.

Lacey no lo dudó y tomó la boca de Hafiz con avidez. El beso bastó para que todo su entumecimiento desapareciera. Sentía un cosquilleo en la piel y el corazón le golpeaba las costillas con fuerza mientras la sangre rugía en sus oídos a medida que volvía a la vida.

Seguía sin podérselo creer. Hafiz había ido en su busca. La había elegido por encima de su prometida y de su deber. Por encima de su país. La había elegido a ella.

Lacey se apartó para poder contemplar a su amado. Buscó en su rostro señales de cambios. Tenía los rasgos más afilados, los ángulos más pronunciados. El deseo sexual que reflejaba su mirada era salvaje.

Temblando de anticipación, le agarró las solapas de la chaqueta. Hafiz la abrazó por la cintura y le arrancó el sarong arrojándolo a un lado con una impaciencia que ella jamás le había visto.

Era evidente que estaba a punto de volverse loco. Estaba desesperado por tocarla, saborearla. Comprendía perfectamente su necesidad, pero la intensidad era tan fuerte que resultaba casi dolorosa y temía correr serio peligro de explotar.

Hafiz le arrancó la parte superior del bikini y dejó los pechos al descubierto. Lacey estuvo a punto de llorar cuando él tomó uno de los pezones en la boca. Hundiendo los dedos entre sus cabellos, lo urgió a que continuara.

Hafiz le arrancó la parte inferior del bikini y ella dio un respingo ante la fuerza casi salvaje con que actuaba. Los masculinos dedos temblaban y ella se deleitó en la sensación, mordiéndole el labio inferior cuando él cubrió su sexo desnudo con la mano.

–Ya –murmuró ella–. Te necesito dentro de mí ahora.

Hafiz hizo caso omiso de sus exigencias y hundió los dedos en su ardiente humedad. Lacey jadeó con fuerza mientras se le contraían los músculos para tomarlo más profundamente.

Hafiz la acarició y ella cerró la boca para evitar que se le escapara un gemido. La fiesta continuaba a su alrededor y ellos estaban en un rincón apartado. Nadie podía oírles o verles, pero las viejas costumbres estaban muy arraigadas. No podía correr el riesgo de que les descubrieran, pero tampoco soportaba la idea de parar.

Lacey deslizó las manos bajo la camisa de Hafiz y por la ardiente piel. Se moría de ganas de arrancar la ropa de ese perfecto cuerpo, pero le llevaría demasiado tiempo. Cuando sintió que los fuertes músculos se tensaban y que su amado dejaba de respirar, sonrió satisfecha. Él contraatacó con el dedo que seguía manteniendo en su interior y ella se estremeció.

–Hafiz, no aguanto más –al oír el ruido metálico de la

cremallera del pantalón, movió las caderas con impaciencia. Respirando hondo, percibió el almizclado aroma de la erección. Le dolía el pecho de emoción mientras él la levantaba para que pudiera abrazarlo con las piernas.

La penetró de una fuerte sacudida. El gemido de Hafiz surgió de lo más profundo de su pecho, pero no se movió, como si estuviera saboreando el momento. El miembro viril se estiró para llenarla del todo, pero Lacey era incapaz de estarse quieta. Quería más, necesitaba todo lo que él pudiera darle. Basculó las caderas lentamente y fue recompensada con un gruñido de advertencia antes de que le clavara los dedos en las caderas. Una y otra vez, Hafiz se retiró para volver a hundirse en su interior.

Lacey aceptó ansiosamente cada embestida, agarrándose con fuerza y cerrando los ojos a medida que el clímax se abría paso en su interior. El corazón falló un latido mientras el torrente le arrebataba toda su fuerza. En su mente solo cabía una idea. Hafiz la había elegido a ella sobre todo lo demás.

–Esta cama es demasiado pequeña –se quejó el príncipe, abrazado a Lacey.

Ella estaba tumbada sobre él, desnuda y cálida. Apoyando la cabeza contra su pecho, hundía los dedos en sus cabellos.

–Está bien –murmuró medio adormilada.

¿Bien? Él sacudió la cabeza. Los pies le colgaban de un extremo y los hombros eran casi demasiado anchos para la cama. Y el colchón era casi tan delgado como las sábanas.

Estaba oscuro y no veía nada, pero se imaginaba que el dormitorio estaría amueblado con el mínimo mobiliario. Nada que ver con el apartamento en el que había vivido en Rudaynah.

–Deberíamos ir a mi suite del hotel –sugirió Hafiz–. Es más cómoda, más grande –«mejor». Lacey se merecía mucho más. ¿Cómo había acabado en ese lugar?

–Umm –Lacey no hizo la menor intención de moverse.

–¿Te gusta Abu Dhabi? –Hafiz le acarició la espalda.

–Umm...

–¿Por qué decidiste quedarte a vivir aquí? –le había sorprendido saber que seguía en los Emiratos Árabes. Había creído que regresaría a su casa, a Saint Louis–. ¿Conocías a alguien? ¿Tenías algún contacto profesional?

–No conocía a nadie –contestó ella en medio de un bostezo–, pero solicité varios trabajos, rellené el papeleo correspondiente y conseguí un empleo en este hotel.

–Qué atrevida –observó él. No le gustaba saber que estaba sola en el mundo, que no había nadie para cuidarla, para protegerla.

–Pareces sorprendido –observó Lacey–. ¿Hace falta que te recuerde que me trasladé a Rudaynah sin saber nada de ese lugar? Para algunas personas sería atrevimiento. Mis amigos pensaron que estaba loca.

–Eso fue diferente. Me tenías a mí para cuidarte.

–Llevo cuidándome sola desde que tengo recuerdos.

–Pero me permitiste cuidar de ti –observó Hafiz.

Las palabras resonaron en la mente de Lacey. Ella se lo había permitido. Había depositado en él su plena confianza en muchos aspectos.

–No me resultó nada sencillo –admitió ella–. No me gustaba depender de ti.

Lacey Maxwell no estaba hecha para ser una mantenida, decidió Hafiz. La mayoría de las mujeres aceptaba ese papel porque deseaba que alguien les cuidara.

–¿Y qué hay de malo en depender de mí? –preguntó el príncipe–. O de nadie.

–Recuerdo cómo me sentía cuando dependía de mis padres. Ellos no querían saber nada de mí.

–Eso no lo sabes –Hafiz la abrazó con más fuerza. Se sentía furioso al imaginarse a una joven Lacey, ignorada y descuidada por sus padres.

–Sí lo sé –no había rastro de tristeza en su voz. Hablaba como si estuviera exponiendo unos hechos–. No han intentado ponerse en contacto conmigo ni una sola vez desde que vivo por mi cuenta. Es mejor así. Sé que tomé la decisión correcta al apartarles de mi vida.

–¿Fuiste tú quien se marchó? –él sintió un repentino escalofrío.

–Durante años intenté ser la hija que querían y necesitaban. Pero no era capaz de ganarme su amor o atención. Me marché sin mirar atrás.

A Haliz se le aceleró el corazón. Siempre había considerado a Lacey una mujer muy tenaz. Era uno de sus rasgos más admirables. La había visto ensayar una pieza musical hasta hacerlo perfectamente. O ayudarle a solucionar un problema en el trabajo, aunque les llevara toda la noche de discusiones. Pero incluso ella debía de tener límites.

–Pero... eran tus padres.

–Y por eso me llevó tanto tiempo tomar la decisión de marcharme. No dejaba de pensar que las circunstancias cambiarían, pero ellos no veían ninguna necesidad de cambiar. No lo hacían por malicia. Eran unas personas extremadamente egoístas y me llevó años perdonarles, pero lo que no voy a hacer es intentar de nuevo ganarme su amor.

Hafiz sentía el pecho oprimido por un intenso temor. Siempre había pensado que el amor de Lacey era incondicional, lo único con lo que estaba seguro que podía contar. Sin embargo, Lacey había dejado atrás el mayor nexo de unión que podía tener una persona. Había creído que una vez que Lacey amaba a alguien, era para siempre.

Pero su confesión lo cambiaba todo.

—Lacey —ella sintió una mano sacudiéndole el hombro, despertándola del mejor sueño que había tenido en mucho tiempo—. Lacey, despierta.

Lacey entreabrió los ojos y sonrió al ver a Hafiz. La noche anterior no había sido un sueño.

—Vuelve a la cama —murmuró somnolienta mientras daba una palmadita al colchón.

—Hora de levantarse, Bella Durmiente —insistió él con una sonrisa.

Lacey se fijó en que ya se había vestido. Sus cabellos brillaban húmedos de la ducha.

—*La bella durmiente* no es mi cuento de hadas preferido —protestó ella mientras se estiraba.

—¿Prefieres *Rapunzel*? —preguntó el príncipe—. Al final, me leí el cuento del que tanto hablabas.

—¿En serio? —ella se sentó lentamente en la cama—. ¿Y qué te pareció?

Hafiz hizo una mueca y ella comprendió que deseaba preguntarle algo, pero no estaba segura de que a su príncipe fuera a gustarle la respuesta.

—¿Yo era el príncipe que salvaba a la joven o la bruja que encerró a Rapunzel en la torre?

Lacey parpadeó perpleja por la pregunta y sonrió con melancolía mientras se tapaba el cuerpo desnudo con la sábana.

—Me llevó un tiempo darme cuenta de que eras Rapunzel.

—Eso no tiene gracia —Hafiz sacudió la cabeza.

—Lo digo en serio. Piénsalo —insistió ella. Sabía que debería haberse guardado la opinión para sí misma. ¿Qué hombre querría ser comparado con Rapunzel? Sin embargo, era demasiado tarde y necesitaba explicar su punto de vista–. Rudaynah era tu torre y tú eras el atrapado.

–Yo no estoy atrapado –le espetó él–. Tengo deberes y obligaciones, pero no es lo mismo.

–Y todas esas expectativas te cohíben. El sultán estaba más interesado en tu comportamiento que en tus logros.

–Ahora mismo no quiero hablar de eso –la irritación que reflejaban los ojos oscuros indicaba que el tema debía ser discutido ampliamente más tarde.

–No importa. Todo eso pertenece al pasado. Ya eres un hombre libre –declaró ella con una sonrisa–. Has escapado de la torre. Aunque estoy segura de que querrás regresar al sultanato de vez en cuando. A fin de cuentas, es tu hogar.

–Lacey, ¿de qué estás hablando?

–Te has marchado de Rudaynah, ¿verdad? –preguntó Lacey lentamente–. Acordamos que no volveríamos a vernos hasta que me eligieras a mí y a nadie más que a mí.

–Yo jamás accedí a eso.

Lacey intentó recordar lo que se habían dicho aquella noche. Hafiz le había declarado su amor. Era lo único que la había mantenido viva cuando pensaba si todo aquello había significado algo.

–Me amas. Me buscaste –insistió ella–. Pero ¿no te vas a quedar?

–No –Hafiz suspiró.

–Y sigues... –Lacey dio un respingo mientras la comprensión se abatía sobre ella. Antes siquiera de que pudiera prepararse para el dolor, sintió el desgarro desde su interior.

–Sigo a punto de casarme. Sí.

Esas palabras hicieron trizas sus esperanzas. Lacey cerró los ojos y dejó caer los hombros. No la había elegido. No la había buscado por todo el mundo para recuperarla.

Capítulo 10

SEGUÍA prometido a Nabeela. La cruda realidad la golpeó con fuerza. Hafiz le había ocultado ese importante detalle antes de hacerla suya durante toda la noche. Menuda rata. Menuda sabandija.

No se podía creer que le hubiera hecho eso. Otra vez. ¿Cuántas veces iba a caer en la trampa?

–Márchate –le ordenó con voz seca, sujetando la sábana contra el cuerpo.

–¿Qué? –la voz del príncipe estaba cargada de una arrogante incredulidad.

–Creía que me habías elegido. Menuda imbécil –susurró ella, sintiendo que se ahogaba.

–Estoy eligiendo estar contigo –Hafiz soltó el aire con fuerza.

–Solo temporalmente –se quejó ella–. Viniste en busca de sexo.

Lacey se levantó, cubriéndose el cuerpo con la sábana. Un cuerpo que había entregado libremente junto con su amor unas horas antes.

–No estaba planeado –él extendió las manos en el aire.

–Sí, claro –menuda respuesta para alguien que lo planeaba todo hasta el más mínimo detalle–. Intentas convencerme de que no planeaste venir a Abu Dhabi. No planeaste buscarme. No planeaste tomarme contra la pared minutos después de encontrarme.

–Vine para participar en una reunión –él se cuadró

de hombros–. Me alojo en este hotel y no supe que seguías en Abu Dhabi hasta que vi una foto tuya anunciando una actuación.

Justo en el momento en el que ella no había creído poder sentirse peor. Encima ni siquiera había ido allí en su busca. Ni siquiera se había desviado de su camino para encontrarla. Miró fijamente a Hafiz sin saber si estallar en lágrimas o echarse a reír como una loca ante tamaña injusticia.

Necesitaba vestirse, protegerse. Tomó la bata caída en el suelo.

–Tenías una comezón que aliviar. ¿Por qué? ¿Tu prometida se niega a acostarse contigo hasta después de la boda?

–No tengo ningún contacto con mi futura esposa porque se trata de un matrimonio concertado –los ojos del príncipe se ensombrecieron–. No de una unión por amor.

–Mejor así. Supongo que no querrás que ella averigüe, hasta después de pronunciar los votos, lo podrido que tienes el corazón.

–Lacey, me disculpo por el malentendido.

–¿Malentendido? Aquí no ha habido ningún malentendido. Me ocultaste esa información porque, si yo hubiera sabido que seguías prometido, jamás te habría abierto los brazos de ese modo.

–No estés tan segura. Nosotros tenemos una conexión que...

–¿Conexión? –Lacey soltó una carcajada cargada de amargura–. No, lo que tenemos es un pasado. Nada más. Cortaste esa conexión cuando me sacaste de tu vida a toda prisa.

–Seguimos teniendo algo –protestó él–. Por eso vine a verte y...

–Viniste para practicar el sexo porque no estás acostumbrado a vivir sin él –ella se puso apresuradamente la bata. La tela de seda, de un brillante color naranja, le arañó la sensible piel–. Sabías que no te rechazaría. Sobre todo desde que me mentiste diciendo que me amabas.

–Eso no fue una mentira.

–Pero el momento fue sospechosamente oportuno –Lacey lo miró furiosa.

–¿Sospechosamente? –el príncipe apoyó las manos en las caderas.

–Me dices que me amas justo cuando estoy a punto de salir de tu vida para siempre. ¿Era una táctica para que siguiera a tu disposición? Así, cuando vinieras a buscarme, no te resultaría muy difícil volver a mi cama.

–Te lo confesé en un momento de debilidad –se defendió él–. No quería que pensaras que el año que habíamos pasado juntos no había significado nada.

Ese tiempo lo había significado todo para ella. Había sido la única época de su vida en la que se había sentido segura y deseada. Durante los meses que había vivido en Rudaynah le había parecido que se habían unido más y que su relación era capaz de superar cualquier barrera.

–Podrías haberme declarado tu amor en cualquier momento, pero no lo hiciste. ¿Por qué? –Lacey lo señaló con un dedo acusador–. Porque, si me lo decías en el último minuto, no tendrías que hacer nada más.

Hafiz se revolvió los cabellos y ella temió que estuviera a punto de agarrarla por los hombros y zarandearla con fuerza. Así pues, retrocedió un paso.

–Si no me crees –el príncipe habló en tono cortante–, es problema tuyo.

Ella lo contempló furiosa. ¿Por qué un hombre enamorado no iba a querer expresar sus emociones? ¿No lo demostraría con grandes gestos y pequeños momentos de intimidad?

Ese hombre no. El príncipe Hafiz no. Él no iba a rebajarse a intentar convencerla.

–¿Vas a olvidar todo lo que hice por ti, por nosotros? Adelante –continuó Hafiz–. Te amo, y nada ni nadie lo cambiará.

–¿Y qué se supone que debo pensar? Dijiste que me amabas estando prometido a otra mujer.

–No te estoy sustituyendo –él se frotó los ojos con las palmas de las manos.

–Por supuesto que no –asintió Lacey mientras abandonaba el dormitorio–. Para que Nabeela me sustituyera, primero yo tendría que haber formado parte de tu vida.

Hafiz la siguió al salón con grandes zancadas. Su presencia hacía que el apartamento pareciera aún más pequeño. Lacey deseó que Priya no tuviera el turno de noche. No le habría ido mal un poco de apoyo. Sabía la clase de hombre que era Hafiz y que no se marcharía hasta haber obtenido lo que buscaba.

–Te aseguraste de que no formara parte de tu mundo –continuó ella–. Pensaba que tendría que ganarme ese privilegio por ser extranjera, y una don nadie. Pero ahora comprendo que nada de lo que hubiera podido hacer habría cambiado algo. Nunca iba a suceder.

Ya estaba harta de intentar ganarse el amor. Era evidente que no funcionaba. Se había entregado en cuerpo y alma a una relación. Había convertido a Hafiz en la parte más importante de su vida, pero él era incapaz de hacer lo mismo por ella. Había aceptado su amor como si se tratase de un deber, pero no la consideraba una prioridad en su vida.

Estaba harta. Hafiz no valoraba su presencia en su vida y nunca iba a hacerlo. A partir de ese momento sería ella quien se colocara en primer lugar, nadie más iba a hacerlo.

El móvil de Hafiz sonó y ella se volvió bruscamente.

–Ni te atrevas.

–Pero yo... –el príncipe frunció el ceño y levantó la vista de la pantalla.

–No, no vas a contestar esa llamada. Me da igual si Rudaynah acaba de desaparecer de la faz de la Tierra. No puede ser tan importante como lo que está sucediendo aquí ahora mismo.

–Lacey, no seas...

–Lo digo en serio, Hafiz. Por una vez, voy a ser tu prioridad. La persona más importante de tu vida está aquí, delante de ti, de modo que guarda ese teléfono.

El austero rostro del príncipe se tensó. Era evidente que se estaba conteniendo.

–Y, si prefieres contestar esa llamada, sal de aquí y no vuelvas nunca –concluyó ella fríamente.

El teléfono seguía sonando y a Lacey le golpeaba el corazón contra las costillas con fuerza. Lentamente, Hafiz rechazó la llamada y se guardó el móvil en el bolsillo sin dejar de mirarla a los ojos.

Lacey intentó ocultar su sorpresa. Siempre se había sentido reacia a lanzarle un ultimátum como ese, consciente de que era él el elemento dominante en la relación. Había pensado que si se mostraba exigente él la cambiaría por otra.

Y al final lo había hecho de todos modos.

–Voy a casarme con Nabeela, pero el matrimonio lo será solo sobre el papel –le aseguró él.

–¿Y qué quiere decir eso exactamente?

–Quiere decir que no ocuparemos las mismas estancias en palacio. Quiere decir que nos veremos solo en los actos oficiales e, incluso entonces, no nos colocaremos el uno al lado del otro.

–¿Y de verdad es eso lo que deseas? –ella lo miró con los ojos entornados.

–No se trata de lo que yo desee. Se trata de cumplir con mis obligaciones.

–¿Vas a consumar el matrimonio?

–La ley así lo exige –Hafiz intentaba visiblemente contener su impaciencia.

Imaginarse a ese hombre en la cama con otra mujer hizo que Lacey se sintiera enferma. ¿Cómo se sentiría él si ella decidiera acostarse con otro hombre, aunque le asegurara que estaba obligada a hacerlo? Hafiz haría todo lo posible por evitarlo. ¿Por qué no entendía que ella respondiera del mismo modo? ¿Por ser una mujer? ¿Sus mantenidas no tenían derecho a reclamar nada?

–¿Vais a tener hijos? –continuó ella.

–Siendo el segundo en la línea de sucesión al trono, no se me exige que tenga descendencia.

–Pero no serás el segundo –le recordó Lacey–. Si te casas con Nabeela pasarás a ser el príncipe heredero.

–Es lo que me ha prometido el sultán, pero no sé si llegará a suceder, ni cuándo. Necesito ser nombrado príncipe heredero –admitió Hafiz–. No se me va a conceder una segunda oportunidad.

–Es lo que más deseas en el mundo –observó ella en tono neutro. Lo deseaba más de lo que la deseaba a ella–. Es lo que has deseado todos estos años.

–Hace diez años abusé de ese poder. Si recupero el título, puedo enmendar mis errores. Puedo demostrar que he cambiado, que soy el líder que necesita mi pueblo.

–Pero el sultán tiene todo el poder –todo era una cuestión de poder–. Y puede quitarte el título cuando lo desee.

–Eso es cierto, pero no lo permitiré. Sé cómo proteger lo que es mío. Esta vez nadie va a intimidar o acosar a las personas que son importantes para mí. Esta vez tengo el poder para contraatacar.

–Siempre has tenido ese poder –Lacey sacudió la cabeza resignada. Hablaba el Hafiz que ella conocía y amaba–. No necesitas ser un príncipe para utilizarlo.

–No estoy de acuerdo –él echó la cabeza hacia atrás como si acabara de oír una blasfemia–. Velar por Rudaynah es el propósito de mi vida. Y no puedo hacerlo si no soy el príncipe.

Lacey intentó imaginarse a Hafiz sin su título. Seguiría siendo una persona arrogante e influyente. Las personas seguirían buscando su apoyo y consejo. Pero ¿permitiría su pueblo que representara al sultanato si no era príncipe? No había manera de saberlo.

–Puede que no esté de acuerdo contigo siempre, Lacey, pero siempre te he escuchado. Tú me has hecho ver el mundo de manera diferente, y echo de menos nuestras charlas –concluyó Hafiz.

–Nosotros no charlábamos –ella desvió la mirada–. Yo era tu amante, no tu novia. Compartíamos sexo. Montones de sexo.

–No hagas eso –le advirtió él–. Deja de reescribir nuestra historia.

¿Eso hacía? Lacey se mordió el labio inferior. Mientras había estado con Hafiz se había sentido amada y adorada. Él se había mostrado generoso y solícito. Quizás hubiera habido algo más que sexo.

–Piensa en todas esas ocasiones en las que me escuchaste hablar de algún problema con un proyecto, o en mis preocupaciones por el sultanato –le recordó Hafiz–. Tú me dabas ideas y consejos. Yo sabía que podía contar con tu sincera opinión. Siempre me importó tu opinión.

–Ahora tienes a Nabeela para todo eso.

–Nabeela no velará por mis intereses. Ella no puede volverme loco. No puede amarme como tú.

–Entonces rompe el compromiso –susurró ella.

–No, Lacey –el príncipe dio un paso atrás y desvió la mirada.

–No hace falta que hagas todo esto para redimirte. Ya has compensado tus errores del pasado.

–No me merezco ser perdonado.

–Lo que no te mereces es un matrimonio sin amor –insistió ella–. Sé lo que es vivir sin amor, rodeada de indiferencia. Te va erosionando hasta que te conviertes en una sombra de ti mismo.

–No puedo romper el compromiso. Es demasiado tarde.

–Y tampoco puedes abandonarme –Lacey cerró los ojos, rota por el dolor–. Así pues, ¿qué vas a hacer? –lentamente abrió los ojos mientras una idea se formaba en su mente–. ¿Tenías pensado tenernos a las dos? –susurró escandalizada.

Hafiz permaneció en silencio.

–Márchate ahora mismo –ella palideció–. No me puedo creer que me hayas insultado así.

–Ya te he explicado que mi matrimonio solo lo será sobre el papel. No será un matrimonio de verdad, ni siquiera una relación.

–Sal de aquí –Lacey señaló la puerta con un dedo. Le temblaba la voz de rabia.

–Dame una buena razón por la que esto no funcionaría –el príncipe suspiró.

–No quiero ser tu amante –durante una época de su vida había aceptado alegremente ese papel. Había sido la única manera de formar parte de su vida. Había aceptado las migajas que le había ofrecido, pero en esos momentos sentía que se merecía algo más.

–Tú no puedes ser mi esposa –murmuró él.

–De eso te aseguraste bien. Aunque no hubieras aceptado a Nabeela como tu prometida, yo seguiría sin poder ser tu esposa. Porque yo era una mantenida. Tu mantenida.

–Esa no era la única razón.

–Porque no me crees digna del título.

–Eso no es cierto –Hafiz la agarró de las muñecas–. Te amo y quiero pasar el resto de mi vida contigo. Es el mejor compromiso que puedo ofrecerte.

–Compromiso –ella hizo una mueca de desdén–. Estoy harta de compromisos.

–Esas son las reglas –rugió él impaciente.

–Pues rómpelas –sugirió Lacey–. No sería la primera vez.

–Y lo lamentaré cada día de mi vida, pero esto es diferente.

–Tengo una idea. Deja de ocultarme y preséntame a tu familia. Demuéstrales que no es pecado amarme. Explícales que soy todo lo que necesitas y que soy la persona con la que te vas a casar.

–Eso no va a suceder. Nunca.

Lacey contempló sus pies desnudos. Había ido demasiado lejos. Le había lanzado un ultimátum que había dejado bien claro los límites del amor que Hafiz sentía por ella. Debería habérselo imaginado, debería haberse conformado con lo que le ofrecía, pero no podía. No iba a aceptar un papel menor y denigrante solo por formar parte de su vida. Eso no era amor.

Tenía que protegerse. De repente se sintió muy débil, tanto que no fue capaz de mirarlo a los ojos. Respiró hondo, pero el aire le hacía daño en la garganta y en el pecho.

–Y esto, lo que sea que tuviéramos, tampoco va a volver a repetirse –necesitó de toda su fuerza de voluntad para mirarlo–. Quiero que te marches ahora mismo.

Una llave giró en la cerradura y la compañera de piso de Lacey entró por la puerta.

–¡Lacey! ¿Por qué no has contestado a los mensajes? –preguntó Priya cerrando de un portazo.

La joven parecía sofocada, con el moño a punto de

deshacerse y la tarjeta con su nombre colgando torcida de la chaqueta. Estaba sin aliento y con el rostro cubierto de sudor.

–¿Estás bien? –le preguntó Lacey–. Priya, te presento a...

–El príncipe Hafiz –la interrumpió Priya–. Eres el tipo que le rompió el corazón.

–¿Cómo sabes eso? –preguntó Lacey sorprendida–. Nunca te dije su nombre.

–No hizo falta –la joven deslizó un dedo por la pantalla del móvil–. Está aquí, a todo color.

–¿De qué estás hablando? –el tono de voz de Hafiz hizo que Priya titubeara.

–De esto –girando el teléfono les mostró una foto en la que aparecían abrazándose durante la fiesta.

Era una foto de excelente calidad y se distinguía perfectamente al príncipe Hafiz. El rostro de Lacey estaba parcialmente oculto, pero su identidad no importaba. El cuerpo, vestido con el bikini, aplastado contra ese hombre bastaba.

Lacey sintió náuseas y se cubrió la boca con una mano.

–¿Cuántas fotos hay? –exigió saber el príncipe.

Las miradas de Hafiz y Lacey se fundieron. Ella abrió los ojos desmesuradamente al recordar los ardientes momentos vividos en aquel rincón. No se habían preocupado de quién pudiera verlos mientras hacían el amor. ¿Qué pasaría si su descuido había quedado inmortalizado?

¿Qué habían hecho? La mirada de Hafiz se endureció, sin duda considerando las repercusiones.

–De momento solo he visto esta.

«De momento». Lacey necesitaba sentarse antes de caer redonda al suelo. El príncipe estaba en lo cierto, ella no era más que un vicio. Era un veneno para él. Iba a arruinarle la vida.

–¿Quién te la ha mandado? –preguntó a su amiga–. A lo mejor podemos conseguir que borre la foto de su cámara –a lo mejor el fotógrafo no tenía ni idea de quién era Hafiz y se la había enviado a Priya porque su compañera de piso aparecía en la foto.

–No lo sé –contestó la joven–. Uno de nuestros amigos estaba compartiendo las fotos de la fiesta. Pero solo es cuestión de tiempo que alguien descubra que Hafiz es el príncipe playboy. Y entonces no habrá modo de parar esto.

Capítulo 11

HAFIZ contempló fijamente la imagen en la pequeña pantalla. La foto lo revelaba todo. La intensidad con la que había saludado a Lacey indicaba que eran más que conocidos. La pasión, el amor, el desesperado deseo eran claramente evidentes en su expresión.

¿Por qué no había sido más cuidadoso? Conocía los riesgos. ¿Creía que las normas se aplicaban solo en su país?

No había pensado con la cabeza. En cuanto había visto la foto de Lacey en el hall del hotel, había salido en su busca. Debería haber resistido la urgencia. Hacía un mes que sobrevivía sin ella, aunque eso no significara que no hubiera pensado en ella constantemente.

–¿Hafiz?

Se volvió bruscamente al oír la voz de Lacey. Su mirada se encontró con la suya y vio la preocupación y las lágrimas. Pero lo peor fue la derrota que se reflejaba en los ojos azules. Ella siempre lo miraba como si se tratara de un ser invencible, alguien capaz de lograr lo imposible.

Pero ya no estaba tan segura, no cuando podría perderlo todo por culpa de una maldita foto.

Priya se aclaró la garganta y solo entonces recordó el príncipe que seguía en la habitación. Siempre le pasaba lo mismo. Cuando estaba con Lacey, nada más importaba.

–Os dejaré solos –declaró la joven–. Lacey, avísame cuando el príncipe regrese a su suite.

–¿Por qué? –preguntó Lacey.

–Si esta foto sale a la luz, otros fotógrafos intentarán encontrarme. Una foto mía vale mucho dinero, sobre todo si apareces tú en ella –le explicó Hafiz.

El príncipe no había olvidado cómo funcionaba aquello. Encontrarse en la misma situación que diez años atrás era, como poco, toda una lección de humildad. Poco importaba lo mucho que hubiera intentado controlar sus indómitos impulsos, no había cambiado lo más mínimo.

–Puedo llevarle a su suite sin que nadie se dé cuenta –asintió Priya.

–Gracias –Hafiz volvió su atención a Lacey, que empezó a pasear por la habitación.

–Yo no tengo nada que ver con esto –en cuanto Priya se hubo marchado, se volvió hacia Hafiz.

El príncipe entornó los ojos. No estaba seguro de qué hablaba, pero a menudo el silencio era el mejor modo de obtener información.

–Yo no te tendí una trampa –continuó ella–. Sé que piensas que estoy decidida a sabotear tu boda, pero jamás haría algo así.

–¿En serio? –preguntó él en un susurro.

Ni siquiera se le había ocurrido. Él había aparecido por sorpresa en la fiesta.

Pero el hecho de que Lacey saltara de inmediato a esa conclusión le preocupaba. Él no era hombre de depositar su confianza en los demás, y aun así confiaba en ella más que en nadie en el mundo. Pero dado que su confianza no era ciega, la conclusión de la joven era que no confiaba en absoluto.

–Pues claro que no. ¿Crees que todas las amantes son unas manipuladoras natas que harían cualquier cosa por mantener su estilo de vida?

–Tú no eres como otras amantes –a Lacey no le había motivado el dinero, el estatus o el poder.

–Eso no puedo saberlo. No tengo a nadie con quien

compararme –contestó ella sin dejar de caminar por la habitación–. Pero, créeme, no tengo el menor interés en regresar a Rudaynah y seguir viviendo a escondidas.

–¿Tanto odias Rudaynah?

–No lo odio –le corrigió Lacey–. Había aspectos que me resultaban intolerables, pero también supe ver la belleza.

–No. Lo odiabas –Hafiz dudaba que fuera capaz de citarle algo que hubiera encontrado bello.

–Lo que odiaba era estar separada de ti –insistió ella–. Odiaba tener que ocultar nuestra relación.

–Nuestra relación está a punto de salir a la luz –murmuró él.

Iba a tener que negarla, aunque nadie le creería. La foto evidenciaba claramente la existencia de una intimidad entre ambos. Y si además había fotos de lo sucedido después... Iba a proteger a Lacey de la humillación, sin importarle las consecuencias.

–¿Crees que te obligué a abrazarme? No lo hice –Lacey se detuvo frente a él–. Y no sé cómo convencerte de que no he tenido nada que ver con esa foto. No tengo pruebas, pero en cuanto averigüe quién es el responsable...

Hafiz la contempló fascinado agitar un puño en el aire. Jamás la había visto así. Era una leona protectora. Protegiéndole a él. Pero era él quien debía cuidar a Lacey, no al revés.

–Ya sé que no tienes nada que ver con esto.

–¿De verdad? –ella bajó el puño.

–No es propio de ti –él asintió. Lo sabía, pero no le había impedido acusarla en el pasado. Había permitido que sus experiencias pasadas con las mujeres le nublaran el juicio.

–¿Así sin más? –Lacey chasqueó los dedos–. Hace un mes no podía comer con unas amigas sin que me acusaras de traición.

–Me precipité en mis conclusiones –admitió Hafiz–. Pensaba que...

–Pensaste que iba a tomar represalias contra ti por haber sido expulsada de tu vida.

El príncipe hizo una mueca de desagrado. Su relación había terminado bruscamente, pero él no la había expulsado de su vida.

–Algo así –admitió–. Siento haber sospechado. Sé que no eres así. Eres dulce y leal.

–Qué palabras tan extrañas has elegido para describir a tu mantenida.

–Deja de llamarte mantenida –protestó él con impaciencia.

–¿Por qué? –Lacey lo miró sorprendida–. Ese era mi papel en tu vida. No éramos pareja. No éramos compañeros. Durante el día vivíamos vidas separadas y pasábamos las noches juntos. Pero ni siquiera te quedabas toda la noche.

–No, no lo hacía –cada noche había supuesto un ejercicio de fuerza de voluntad salir de la cama de Lacey y regresar a palacio.

–¿A qué viene todo esto? –preguntó Lacey con las manos en las caderas–. No hace falta que adornes el pasado.

–No quiero que nadie piense mal de ti –eso debería haberlo pensado antes de llevársela a Rudaynah, pero lo único que le había importado era tenerla cerca.

–¿No quieres que todos sepan que soy una mantenida? –ella inclinó la cabeza–. ¿O acaso es que no quieres que sepan cómo te comportaste?

Las palabras fueron como un puñetazo en el estómago. ¿Era ese el verdadero motivo por el que no quería que Lacey llevara esa etiqueta? Él era un príncipe, pero había llevado a Lacey a su mundo sin reparar en las consecuencias.

–Porque en el fondo todo esto va en contra de todo en lo que crees, ¿verdad, Hafiz? No quieres ser el príncipe playboy, pero tenías a una amante oculta. En lugar de comprometerte o mantener una relación basada en los sentimientos mutuos, lo dispusiste todo para tener acceso exclusivo al cuerpo de la mujer elegida.

–Nuestra relación se basaba en mucho más que en el sexo –gruñó Hafiz.

–En palacio seguramente tendrán otra opinión si ven la foto –Lacey se frotó el rostro con las manos–. ¿Qué vamos a hacer?

–¿Vamos? –el príncipe la miró perplejo–. Tú no vas a meterte en esto.

–Estamos metidos ya, juntos, y vamos a salir juntos también –ella puso los ojos en blanco.

Hafiz no sabía qué hacer. Siempre apreciaba que Lacey estuviera dispuesta a luchar a su lado, pero no quería arrastrarla a esa batalla.

–En la foto no se distingue tu cara –insistió el príncipe–. No hay modo de identificarte.

–Es solo cuestión de tiempo –observó ella–. Seguro que habrá alguien que recordará lo que llevaba puesto y cómo me arrastraste lejos de la fiesta.

–Era tarde y la gente había bebido. Nadie puede estar seguro de lo que vio.

–Da igual –continuó ella–. Me da igual que la gente sepa o no que soy yo.

¿Por qué le importaba tan poco su reputación? Los escándalos públicos jamás se olvidaban. Hafiz no había pensado mucho en ello hasta ver destrozada su reputación y tener que sufrir numerosas calamidades para repararla. Y sabía que para una mujer era mucho más difícil.

–Me importa –el príncipe sabía que su voz sonaba dura, pero debía conseguir que Lacey lo entendiera–. Si te ves atrapada en un escándalo conmigo, no te librarás de él jamás. Siempre serás recordada como la mujer que se acostó con el príncipe playboy.

–No he hecho nada de qué avergonzarme –Lacey alzó la barbilla desafiante.

–¿Nada? –preguntó él en tono incrédulo–. Perdimos el control. Nos comprometimos e inventamos excusas que iban en contra de todo aquello que nos habían enseñado. De todo en lo que creemos –él se apartó de Lacey–. Y aunque nos juramos que no volveríamos a vernos, que no pensaríamos en lo que podría haber sido, hemos roto nuestras promesas. En cuanto nos vemos, destruimos todo aquello que hemos intentado crear.

El silencio entre ellos era eléctrico.

Lacey le hacía soñar con una vida que no tenía derecho a perseguir. Hafiz dio un respingo mientras el rencor inundaba su pecho. Respiró hondo y comprendió que nada había cambiado. No, no era cierto. Cuando estaba con Lacey, lo sentía todo con más fuerza. La vida sin ella iba a ser un suplicio.

Debía ser fuerte y no ceder a sus impulsos. Lo había hecho durante años antes de conocerla. Tras defraudar a su pueblo, había sacrificado su felicidad para corregir sus errores y volvería a hacerlo, pero antes tenía que dejar de engañarse con la fantasía de una vida feliz junto a Lacey.

–Hafiz –habló ella con voz ronca–. Te amo por muchos motivos diferentes. Te has esforzado mucho por compensar tus errores. Intentas ser un buen hombre, un buen hijo y un buen príncipe. Siempre he admirado tu fuerza de voluntad. Pero tu única debilidad soy yo.

Hafiz quería negarlo.

–Durante todo este tiempo –Lacey sacudió la cabeza–, he odiado la idea de ser tu vicio. Tu debilidad. Pero es cierto. Te estoy convirtiendo en un hombre que no deseas ser.

–Eso no es cierto. Me gusta quién soy cuando estoy contigo.

–¿Te gusta tener que esconderte? –preguntó ella–. ¿Romper tus promesas? ¿Te gusta sentirte culpable porque no deberías amar a una mujer como yo?

–No –admitió él a regañadientes.

–¿Te habrías comportado así con cualquier otra mujer? ¿Le habrías hecho el amor en público?

Hafiz quiso mentir y contestar afirmativamente. Pero, aunque era conocido como el príncipe playboy, siempre había sido consciente de lo que le rodeaba. Sin embargo, cuando estaba con Lacey lo demás no importaba. No era solo una debilidad. Era una enfermedad.

–¿Sabes qué clase de mujer quiero ser?

Él lo sabía. Nunca lo expresaba en voz alta, pero él conocía sus planes y sus sueños. Lacey quería ser una mujer rodeada de amor y de una familia.

–Desde luego no crecí con la idea de convertirme en una *femme fatale*. No quería ser la clase de mujer que va por ahí arruinando vidas.

–Tú no estás arruinando mi vida. Mi... –Hafiz se interrumpió.

No quería pensar en ello, expresarlo en voz alta. Su estatus real formaba parte de su identidad y era la única constante verdadera en su vida. No era el obstáculo que le impedía estar con Lacey.

–Soy un problema para ti, Hafiz. ¿Qué crees que va a pasar si la foto sale a la luz? ¿Qué crees que hará el sultán?

–Soy muy capaz de cuidar de mí mismo –masculló el príncipe entre dientes. No iba a contárselo a Lacey porque intentaría protegerle y hacer que se quedara en Abu Dhabi.

–No, esa no es la manera de abordarlo –insistió ella–. Eso es lo que se espera que digas. Seguramente son las palabras que pronuncian todos los hombres poderosos cuando intentan negar una aventura. Yo me ocuparé de esto.

–No, no lo harás –los hombros de Hafiz se tensaron.

–¿Por qué no? –a Lacey se le iluminó la mirada. Hafiz conocía esa mirada. Lacey tenía un plan–. Esto es lo que haremos: si se publica la foto, yo cargaré con las culpas.

–Ni lo sueñes.

–Escúchame, Hafiz –le rogó ella mientras apoyaba una mano en su brazo–. Es muy sencillo. Le diré a todo el mundo que te vi en la fiesta y me abalancé sobre ti, pero que tú me rechazaste.

–La foto dice todo lo contrario –él no iba a permitir que nadie tomara a esa mujer por una devoradora de hombres.

–Las fotos mienten –ella sacudió una mano en el aire–. Nadie sabe lo que sucedió antes o después. Es muy posible que te hiciera una proposición, y que tú la rechazaras.

–No –Hafiz la miró incrédulo. No recordaba ni una sola ocasión en la que hubiera rechazado a Lacey.

–Funcionará –ella le apretó el brazo.

–No, no funcionará –el príncipe cubrió su mano con la suya–. No voy a esconderme detrás de una mujer.

–¿Disculpa? –Lacey apartó la mano bruscamente.

–Y, además, nadie te creería.

–Sí lo harán.

–No, porque van a desenterrar todo mi pasado de playboy y buscar a mis antiguas amantes.

Hafiz sintió el peso de su pasado sobre los hombros. ¿Cómo se le había ocurrido que podría borrar esos momentos? ¿Y por qué debía ser todo desenterrado otra vez?

–Lacey, hay una alta probabilidad de que alguien nos hiciera una foto después de abandonar la fiesta –Hafiz estaba furioso consigo mismo por haber colocado a Lacey en esa posición.

–Si hubiera alguna foto más, ya habría salido a la luz, ¿no crees? –ella se sonrojó violentamente.

–No. Preferirán insinuar que un escándalo aún mayor está a punto de destaparse –contestó él–. Y después la venderán al mejor postor.

–Hafiz, estoy segura de que no hay más fotos –insistió Lacey con voz temblorosa–. Ya habríamos visto alguna.

–Tengo que llamar a unas cuantas personas y averiguar si alguien está comprando las fotos –el príncipe caminó hacia la puerta con el móvil ya en la mano.

–Muy bien, mientras tanto yo...

–Tú te quedarás aquí –él se detuvo y se volvió bruscamente.

–No tienes derecho a decirme lo que debo hacer –ella lo fulminó con la mirada–. De todos modos, dentro de un par de horas tengo que trabajar.

–Prométeme que no intentarás arreglar nada –murmuró Hafiz–. Necesito que confíes en mí. Déjame que yo me ocupe.

–Pero...

–No te defraudaré.

Lacey se mostró dubitativa y él supo por qué. Había defraudado a su anterior amante, abandonándola cuando más vulnerable y débil estaba. Era una época en la que no tenía el poder para defender lo suyo ante el sultán. Pero en esos momentos sí tenía ese poder, y no iba a permitir que le sucediera nada.

–Muy bien –masculló ella entre dientes–. Esperaré... de momento. Pero, si te veo en apuros, yo...

–No, no lo harás –a Hafiz le daba igual a qué se estuviera refiriendo. No iba a permitir que sucediera. A punto de abandonar el apartamento, se volvió de nuevo–. Lacey, uno de estos días vas a comprender al fin que yo no merezco ser salvado.

Capítulo 12

LACEY contempló al público y sonrió cálidamente mientras tocaba la última nota al piano.

«¿Por qué desperdicio mi vida con esto?», se preguntó. «¿Por qué tengo la sensación de que mi vida está en suspenso?».

La sonrisa se hizo más tensa. El foco de luz que la iluminaba le hacía sudar. Se levantó de la banqueta y agradeció los tímidos aplausos con una reverencia. A esas horas lo más habitual era ver sentados a un puñado de hombres de negocios. Todos, sin excepción, lucían miradas perdidas, producto de los muchos viajes o las intensas reuniones.

Era muy consciente de que apenas habían escuchado la música. Si les preguntaran, no la recordarían. Estaban allí porque no les apetecía regresar a sus solitarias habitaciones de hotel.

Lacey sabía bien cómo se sentían. Ella misma había luchado contra la soledad antes de conocer a Hafiz. Había sido una constante en su vida, y en sus canciones.

La primera vez que había visto al príncipe había percibido la conexión. Una conexión que la había excitado y asustado a partes iguales.

Miró a su alrededor y comprobó que Hafiz no se encontraba allí. Había decidido no acercarse. Siempre le aseguraba que le gustaba escuchar su música, pero en esos momentos se preguntaba si no sería un cumplido vacío. O quizás lo que le gustaba era que tocara solo para él.

Sin embargo, no pudo evitar sentir una punzada de desilusión. ¿Había decidido no aparecer porque estaba muy ocupado, o porque no quería ser visto con ella?

No debería dolerle. Estaba acostumbrada a que Hafiz no formara parte de su vida. De haber aparecido, se habría sentido absurdamente feliz. Encantada al ser agraciada con su presencia.

A pesar de haber tomado la firme decisión de no dejarse tratar nunca más así, sabía que no sería capaz de mantenerse firme. Deseaba a ese hombre en su vida, por poco que le quedara de estar junto a él.

Sus sueños no eran tan grandes como las metas de Hafiz. Sus planes jamás la conducirían por el sendero de la gloria. En ocasiones perseguía sueños imposibles, pero eso no significaba que sus sueños fueran menos importantes que los de un príncipe. Y no debía olvidarlo.

Lo que ella deseaba era vivir con Hafiz. Construir una vida con él y formar una familia. Crear un hogar lleno de amor, risas y música.

Se bajó del escenario y avanzó entre las mesas vacías. No servía de nada soñar con esa clase de vida. Jamás iba a tenerla. No mientras siguiera así, esperando, deseando que Hafiz cambiara.

Quizás fuera como Rapunzel. Lacey aminoró el paso. ¡Era ella la que estaba atrapada! No dejaba de actuar del mismo modo mientras esperaba que el resultado fuera diferente.

Por eso tenía la sensación de que su vida estaba en suspenso. Estaba esperando a que el príncipe Hafiz la llevara lejos de la torre, con él.

Pero ya no. Por mucho que amara a ese hombre, y por mucho que estuviera dispuesta a aceptar las migajas que le ofreciera, no quería ser un amor a tiempo parcial. No podía compartirlo.

Quería un amor que fuera exclusivo, uno que durara. Estaba dispuesta a luchar por ello, dispuesta a renunciar a muchas cosas por conseguirlo. Pero no sería su mantenida, o su amante a distancia. Se merecía algo más que eso.

Atravesó el hotel y se dirigió a los alojamientos de los empleados. Un jardín cerrado separaba la residencia de los empleados del hotel. Normalmente le generaba una sensación de paz caminar entre las fuentes y los estanques, respirar el aroma de las brillantes flores. Pero en esos momentos el jardín le parecía demasiado grande.

–¿Lacey?

Se le aceleró el pulso al reconocer la familiar voz masculina. Se volvió y vio a Hafiz. Estaba espectacularmente atractivo con su traje negro. El corte de la chaqueta acentuaba la envergadura de los hombros. Exudaba fuerza y elegancia, y ella fue muy consciente del vestido barato que llevaba junto con los zapatos de segunda mano.

–¿Hafiz? –susurró mirando angustiada a su alrededor–. ¿Qué haces aquí?

–¿A qué te refieres? –preguntó él–. Me alojo en este hotel.

–Me refiero a que no deberías estar hablando conmigo. Lo último que necesitas es que nos saquen otra foto.

–Las fotos han sido eliminadas –anunció Hafiz.

–¡Oh! –Lacey sabía que era lo más acertado, pero de repente comprendió que no tenía ninguna foto de ellos dos juntos. Como si toda evidencia de su relación hubiera sido borrada.

–¿Por qué estás tan disgustada? –preguntó él–. Ya te dije que me ocuparía de ello.

–No tenía ninguna duda de que lo conseguirías –Hafiz siempre conseguía lo que deseaba. Salvo a ella. ¿Hasta qué punto deseaba tenerla realmente en su vida?

–Ya no tienes que preocuparte de que sean publicadas.

–No estaba preocupada –contestó ella, frotándose los brazos ante la ligera brisa que se había levantado–. A mí me da igual que la gente sepa que estoy contigo.

–¿No te importa que la gente sepa que eres una querida? –el príncipe frunció el ceño.

¿Le importaba el que la gente supiera que no llevaba anillo? ¿Le importaba ser consciente de estar dispuesta a aceptar cualquier cosa que Hafiz le ofreciera con tal de estar con él? No lamentaba sus decisiones, pero sabía que no volvería a repetirlas.

En el pasado había creído que vivir en Rudaynah supondría dar un paso hacia un futuro con el príncipe. Pero al fin había comprendido las reglas: o era su mantenida o no podía estar con él.

Si en esos momentos le pidiera que se convirtiera en su querida, lo rechazaría. Aunque él aún no se hubiera casado, aunque se trasladara a vivir fuera del sultanato. Le iba a resultar muy difícil negarse, pero debía anteponer sus propios sueños.

–Acabo de terminar mi turno –Lacey retrocedió unos pasos.

–Lo sé –él se acercó un poco más.

–No te vi en el hotel –ella se mordió el labio inferior para no decir nada más.

–Me hubiera gustado estar allí –Hafiz frunció el ceño.

–¿Te surgió algo importante? –preguntó ella con fingida despreocupación–. ¿Algo mejor?

–Sabes muy bien por qué no podía estar allí.

–No, en realidad no lo sé –Lacey había aceptado la idea de que no podían ser vistos juntos. Aun así, allí estaban, solos en un jardín. Daba la sensación de que el príncipe elegía cuándo podía verla y cuándo no–. Explícamelo. ¿Por qué no estabas allí para apoyarme?

–¿Necesitabas mi apoyo?

–Sí.

Nunca se lo había pedido por miedo a ser rechazada. Sus padres jamás habían acudido a sus actuaciones, y Hafiz solo lo había hecho unas cuantas veces al comienzo de su relación.

–No es la primera vez que actúas sobre un escenario –señaló él.

–Eso no importa. Yo siempre he estado cuando me necesitabas. Tras la escena, oculta entre las sombras. No me sentaba a tu lado en las ceremonias o actos oficiales, pero te apoyaba en tu trabajo. ¿Por qué no me apoyas tú en el mío?

–¿A qué viene esto? –Hafiz entornó los ojos.

–Jamás lo entenderías –Lacey había dedicado tanta energía a intentar formar parte de su vida que no había esperado que él formara parte de la suya.

–Lacey, la próxima vez que venga a este hotel, me sentaré en primera fila –le prometió él.

–¿La próxima vez que vengas?

–Me marcho de Abu Dhabi dentro de unas horas. Es tiempo de regresar a casa.

–¿Regresas a Rudaynah? –no debería sorprenderle, pero tuvo que esforzarse por disimularlo.

–Tengo que volver –el tono de voz de Hafiz sugería que no había discusión–. Sigo siendo el príncipe y tengo obligaciones.

–¿Y una boda?

–Sí, también voy a casarme –Hafiz suspiró.

–¿Por qué? –preguntó Lacey, con el pecho oprimido

por la desesperanza–. Sé en qué clase de matrimonio te vas a meter. Vacío y solitario. No habrá felicidad, compañerismo ni amor. ¿Por qué lo haces?

–¡Porque es lo que me merezco! –contestó él bruscamente.

–Te sigues castigando por algo que hiciste hace más de diez años –Lacey tragó nerviosamente–. Hafiz, tu pueblo te ha perdonado. Es más, te adora.

–No se trata de mi país. Acepté un matrimonio concertado porque ese es mi deber. Pero no me merezco un matrimonio por amor. No porque sea un príncipe, sino por lo que le hice a Elizabeth.

–¿La amante a la que dejaste embarazada? –preguntó ella–. No lo entiendo.

–La dejé tirada y renegué de mi hijo. Tuve la oportunidad de ocuparme de ellos, pero les abandoné. Les traté peor de como te trataron tus padres a ti.

–No digas eso –susurró Lacey–. Tú no te pareces a mis padres. Tú valoras la familia. Tus hijos serán tu prioridad.

–Después de lo que hice no me merezco tener hijos. Descuidé mis responsabilidades por egoísmo. Algún día mi hermano tendrá un hijo, y él será el heredero al trono.

Ella lo miró boquiabierta. Siempre había pensado que Hafiz sería un buen padre. Un padre pendiente de sus hijos, pero también que les permitiría forjar su propio destino y cometer sus propios errores.

–¿Todos estos años has evitado casarte por amor y formar una familia por lo que le hiciste a Elizabeth?

–Sí –contestó él–. Es lo justo.

–No, no lo es. Estoy segura de que Elizabeth habrá pasado página.

–Eso no importa –contestó Hafiz–. Mis sufrimientos no terminarán porque ella asuma lo ocurrido en el pasado. Lo que hice fue imperdonable.

–Ya has sufrido bastante –declaró ella–. Durante años

has sacrificado tu felicidad mientras te desvivías por el sultanato. ¿Cuándo va a terminar todo esto?

–No lo sé. ¿Y si el príncipe mimado y egoísta es mi verdadero yo? ¿Y si el príncipe playboy se oculta agazapado bajo la superficie, preparado para salir?

–Eso no sucederá –insistió Lacey–. Lo que tengo ante mí ahora es tu verdadero yo. Cariñoso y atento. Fuerte y protector. Ese es el hombre que se supone debes ser.

–Ojalá fuera verdad, pero no puedo arriesgarme. Voy a regresar a Rudaynah y a casarme con Nabeela, una mujer que comprende que este matrimonio no es más que un acuerdo comercial.

–¡Eso es una locura!

–Pero, Lacey, te prometo que algún día regresaré.

–¿Cómo? ¿Cuándo? –ella frunció el ceño–. ¿Por qué?

–¿Por qué? Porque no voy a renunciar a lo nuestro.

–¿Me estás diciendo que quieres mantener una relación a distancia?

–Sí –Hafiz la sujetó del brazo–. Ya lo hicimos cuando vivías en Saint Louis.

–Eso no era una relación a distancia. No parabas de hacerme visitas porque no soportabas estar lejos de mí.

–Pero al principio empezó así.

–Las visitas se hicieron más frecuentes y tus estancias más largas. Pero nunca te comprometiste.

–Te fui fiel –él la miró furioso–. Desde que te conocí no me ha interesado ninguna otra mujer.

–No vivíamos juntos. Tu residencia principal era otra. Y en Rudaynah sucedió lo mismo. Estábamos en el mismo país, en la misma ciudad, pero vivíamos separados.

–¿Y qué?

–Si quieres estar conmigo –Lacey se cruzó de brazos. No le estaba pidiendo que se casara con ella, ni siquiera una relación eterna, pero sí temió estar pidiendo demasiado–, tendrás que comprometerte. Tendrás que vivir conmigo.

–No podemos –la respuesta fue inmediata.

–Querrás decir que tú no puedes.

–Te acabo de explicar los motivos –insistió Hafiz–. Si esperas de mí un compromiso, vas a sufrir una gran decepción.

–Y no me refiero solo a vivir en la misma ciudad, o el mismo hemisferio –continuó ella–. Compartiremos casa y viviremos como una pareja.

–No puedes regresar a Rudaynah.

–Lo sé –ella puso los ojos en blanco–. Serás tú quien viva en otro lugar.

–¿Sugieres que me marche del sultanato? –rugió él, con el miedo reflejado en la mirada. Miedo a perderla de nuevo–. ¿Te das cuenta de lo que me pides?

–Sí, te pido que elijas –Lacey supo que iba a ser rechazada–. Es lo que me pediste tú cuando me trasladé a Rudaynah.

–Eso fue diferente. Tú no tenías obligaciones que te ataran a un lugar.

–Sí es lo mismo. Yo tuve que elegir entre quedarme en mi casa o estar contigo. Y te elegí a ti.

–Lacey –Hafiz respiró hondo–, ojalá pudiera vivir contigo. Eres la única mujer que he amado.

–Pero no quieres que lo sepa nadie –las lágrimas empezaron a rodar por las mejillas de Lacey–. Me amas siempre que no espere nada de ti.

–Eso no es cierto –contestó él–. Quiero ocuparme de ti. Estar contigo. Compartir una vida contigo.

–Querrás decir que quieres compartir una parte de tu vida conmigo –insistió Lacey–. Quieres compartir ocasionalmente un día o un fin de semana. Pero eso no basta. Lo quiero todo.

–Me pides un imposible –Hafiz extendió las manos en el aire.

–Entonces, solo hay una cosa que puedes hacer –ella habló entrecortadamente–. Marcharte.

–Intenté hacerlo, pero no puedo. ¡No quiero! –Hafiz la miró incrédulo.

–Tienes que hacerlo –suplicó Lacey con los ojos anegados en lágrimas–. Si de verdad me amas, si de verdad quieres lo mejor para mí, lo harás.

–¿Y qué es lo mejor? –él dio un respingo, como si lo hubieran abofeteado–. ¿De repente no soy lo bastante bueno para ti?

–Tienes que dejarme marchar –ella jamás habría creído lo duro que resultaría pronunciar esas palabras y la mirada destrozada de Hafiz le hizo desear retractarse–. Déjame buscar un lugar donde mis necesidades sean igual de importantes que las de los demás.

–Lo que tú... –los ojos del príncipe centellearon salvajemente al comprender–. Lo que quieres decir es que quieres encontrar a otro hombre –le espetó.

–Si surge la ocasión... –Lacey sabía que era imposible, pero no iba a permitir que él lo supiera, de lo contrario jamás dejaría de perseguirla–. Necesito a alguien en mi vida que me anteponga a los demás y no puedo tener esa clase de vida contigo.

–Yo siempre te he antepuesto a todo lo demás –contestó él furioso–. Te he cuidado lo mejor que he sabido. Yo... –se cubrió el rostro con las manos–. Moriría por ti.

Lacey sabía que era cierto y su corazón sangraba de pena. Pero no quería que muriera por ella, lo que quería era compartir su vida con él. De repente todo se volvió caóticamente claro.

–Si tuvieras que elegir entre vivir conmigo o morir por Rudaynah, ¿qué elegirías? –el corazón le golpeaba con fuerza las costillas–. ¿La humillación de amarme o el honor de servir a tu país?

Hafiz se quedó paralizado mientras ella contenía la respiración en espera de una respuesta. Todas las emociones surcaron el aristocrático rostro. Espanto. Dolor. Duda.

–Eso pensaba yo –las palabras salieron de la dolorida garganta junto con toda esperanza.

Quizás Hafiz la amara, incluso confiara en ella, pero jamás se sentiría orgulloso de ella. Y tampoco podría respetarse a sí mismo por amarla.

Nada de lo que hiciera podría cambiarlo. No iba a caer en el error de pensar que su paciencia y comprensión serían recompensadas.

–Debes marcharte y no volver jamás –insistió ella mientras se daba la vuelta–. Ahora mismo.

–No voy a marcharme –él sacudió la cabeza–. No hasta que me escuches.

–Ya te he escuchado y sé que nada va a cambiar. Tengo que protegerme. Adiós, Hafiz –se le quebró la voz mientras huía de su príncipe.

Capítulo 13

HAFIZ se reclinó en la silla y escuchó la presentación comercial que se celebraba en su sala de juntas mientras mentalmente repasaba una y otra vez las palabras de Lacey: «Tengo que protegerme».

De él. Apretó los dientes, roto de dolor. Esas palabras lo habían mantenido despierto por las noches desde hacía una semana. ¿Por qué creía que era perjudicial para ella? Jamás le pegaría ni le negaría un capricho. Lo único que había hecho siempre era apoyarla. Protegerla.

¿No lo había demostrado en Abu Dhabi al evitar la publicación de las fotos? ¿No había gastado suficiente dinero para agasajarla durante su relación? ¿Cómo podía su vida ser peor por su culpa?

Él era quien tenía que protegerse. De haberse hecho pública su relación lo habría perdido todo. Era adicto a Lacey Maxwell y lo había arriesgado todo por ella. ¿No lo veía?

Sin embargo, ella había cortado todo contacto. Se había rendido. Lo había abandonado.

Hafiz quiso convencerse de que era lo mejor. Lacey no era más que una distracción que no podía permitirse. Había conseguido casi todo por lo que había trabajado. Sus esfuerzos por mejorar la vida en el sultanato estaban dando frutos. Había convertido a Rudaynah en un país próspero y estaba a punto de recuperar el título de príncipe heredero.

«Necesito a alguien que me anteponga a todo lo demás».

Era el príncipe. No podía darle más importancia a una persona que a su país.

Y porque era el príncipe no era el hombre que ella necesitaba. Saberlo le destrozaba. La mayoría de las mujeres lo aceptaría. La mayoría de las mujeres estaría encantada con el acuerdo que le había ofrecido a Lacey.

Pero Lacey no. Ella quería lo único que no podía darle, que no quería darle. Su deber con el sultanato sonaba muy noble, pero ella lo conocía bien. Durante todos esos años había creído estar enmendando los errores del pasado, pero en realidad lo que había hecho era ocultar la sensación de ser un hombre incapaz de estar a la altura de lo que se esperaba de él.

Y lo único que había conseguido demostrar era que no era merecedor de Lacey Maxwell.

Era un príncipe respetado y admirado, pero ¿era el hombre que quería ser? No.

A pesar del castigo que había recibido por tener a una mantenida en el pasado, había convertido a Lacey en su querida. No su novia o su esposa. Ni siquiera se le había ocurrido que ella podría desear ese estatus. La había tratado como un objeto sexual y no como a la mujer que amaba.

A pesar de conocer el pasado de Lacey, no había hecho nada por ofrecerle seguridad en su relación. La había ignorado, abandonado. La había mantenido al margen de su vida.

Hafiz frunció el ceño. Pensaba que su relación con Lacey había sido perfecta. Un sueño. Una fantasía. Pensaba que había sido generoso y bueno con Lacey, pero le había fallado.

Tenía que arreglarlo. Tenía que demostrarle que era la persona más importante de su vida. Ella creía que solo se lo podía demostrar a través del matrimonio, pero se equivocaba. El matrimonio era una cuestión de alianzas y propiedades. De linaje y poder.

Le demostraría a Lacey que el matrimonio no tenía nada que ver con el amor.

Lacey suspiró mientras abría la puerta de su apartamento. El estupor que la invadía desde hacía casi una semana le estaba pasando factura. Estaba agotada. Se moría de ganas de meterse en la cama, a pesar de lo fría y vacía que estaba.

Entró en el apartamento y se quedó paralizada al verse rodeada de rosas de Damasco. Aspiró incrédula el intenso aroma. El salón parecía un jardín de flores rojas y rosas.

Un recuerdo se abrió paso en su mente. Saint Louis, el ático. Hafiz deslizando una rosa por su cuerpo desnudo. Y de nuevo se sintió invadida por el deseo.

–Lacey, necesito saberlo –Priya apareció en pijama–. ¿Qué has hecho para merecer estas flores?

–¿Son para mí? –el estómago encogido ya le había indicado que así era. Solo había una persona capaz de un gesto así. Se había convertido en un desafío que él debía superar–. Nada.

–Ningún tipo llega tan lejos sin un motivo –su amiga la miró incrédula–. Y este sabe que no tiene ningún competidor. No ha firmado la tarjeta.

Lacey sonrió con amargura. Hafiz no necesitaba escribir nada, las flores lo decían todo. Quería recordarle la pasión que habían compartido, el amor, y todo a lo que estaba renunciando.

Sintió los vibrantes pétalos hacerle cuestionarse su decisión de vivir sin Hafiz. Lacey suspiró, consciente de que debería haberse marchado directamente a la cama.

–El príncipe Hafiz no quiere que le olvides –observó Priya–. Como si pudieras hacerlo.

–No voy a volver con él.

–Si tú lo dices... –susurró su amiga.

–He aprendido que estar con él no merece las lágrimas que me provoca –mintió Lacey.

–Ningún tipo se lo merece –murmuró Priya.

Lacey apretó los labios. Hafiz sí se lo merecía, pero él no creía que ella se mereciera el menor sacrificio. La deseaba, incluso quizás creyera amarla, pero no lo suficiente.

–Debería llamar, y pedirle que pare –insistió ella. Necesitaba hacerle saber que no podría engatusarla como la primera vez. Había aprendido las reglas. Otra aventura con él la destrozaría.

–Sí, sí –su amiga puso los ojos en blanco–. Adelante.

¿A quién pretendía engañar? Lacey se dirigió al dormitorio con el móvil en la mano. Quizás las flores le hubieran despertado un deseo que no podía negar. Quizás estaba tan desesperada por saber algo de Hafiz que se había inventado una excusa a la primera ocasión. Consciente de que debería cambiar de idea, pulsó el botón de llamada mientras se preguntaba por qué no había borrado su número.

–Hola, Lacey.

–Hafiz –Lacey cerró los ojos anegados en lágrimas. Un intenso estremecimiento le recorrió todo el cuerpo. Hafiz parecía estar tan cerca... como si sus labios estuvieran pegados a su oreja–. Gracias por las flores, pero no creo que debas enviarme regalos –tenía que mantenerse firme.

–¿Por qué no? –susurró él con voz suave y sedosa.

¿Por qué no? Lacey frunció el ceño. ¿Estaba de broma? ¿Acaso no era evidente?

–Porque no es... –buscó la palabra adecuada– apropiado.

–¿Y cuándo hemós sido apropiados nosotros? –Hafiz se rio con una risa sensual que hizo que a Lacey le temblaran las rodillas.

–Lo digo en serio –insistió ella. Tenía que conseguir parar todo aquello–. No quiero nada de ti.

–Eso no es cierto.

Lacey cerró los ojos. El príncipe tenía razón. Lo quería todo de él, pero ¿por qué se negaba a dárselo? Después de un año aceptando lo que le ofrecía, Hafiz pensaba que podía someterla. Se trataba de una especie de negociación.

Pero ella ya no podía seguir viviendo así. Se merecía algo más. Se lo merecía todo y se negaba a conformarse con migajas.

–Ya te he dicho que no me interesan los hombres casados.

–¿Y si anulo el compromiso? –preguntó Hafiz tras una breve pausa.

–¡Oh! –Lacey se dejó caer en la cama. En su interior se debatían las emociones. Una leve esperanza surgió en su corazón, pero enseguida recordó que, aunque hubiera dejado de ser el príncipe playboy, ese hombre no estaba interesado en el matrimonio, ni siquiera con ella–. Es solo cuestión de tiempo que el palacio te demuestre que el matrimonio es necesario.

–No necesito una esposa para ser un buen príncipe.

–Ahí te equivocas –Lacey se tumbó en la cama en posición fetal–. Necesitas a una mujer a tu lado. Una familia.

–Ya tenía una familia. Contigo –le recordó él con dolorosa ternura–. Pero Rudaynah no lo comprendería. El palacio jamás lo aceptaría.

Y los lazos que le mantenían unido al sultanato eran demasiado fuertes para que ella los pudiera cortar. Hafiz soportaría las cargas que le impusieran, pero no si se mantenía a su lado. Lacey se retorció de dolor. Debía ser fuerte o los dos se verían abocados a la destrucción.

Respiró hondo. Podía hacerlo. Tenía que hacerlo y soportar el golpe de la caída. Aunque supusiera su muerte, lo haría con tal de que Hafiz saliera adelante, triunfador.

–Tuvimos algo bueno –habló entrecortadamente–. Pero no podremos recuperarlo.

–¿Lacey? –el tono de voz de Hafiz era urgente.

–No más regalos –insistió ella a punto de ahogarse con sus propias lágrimas–. No más intentos de... No más –colgó el teléfono.

Acurrucada sobre la cama, sintió una profunda agonía. Sujetó el teléfono con fuerza contra el pecho, la última conexión tangible con Hafiz. Su cuerpo se convulsionó al estallar en sollozos.

Deseó poder desintegrarse, pero era consciente de que era solo el comienzo. Iba a tener que vivir sin Hafiz, mostrarse implacable. Y debía empezar en ese mismo instante, abandonando Abu Dhabi esa misma noche. Sin dejar rastro. Sin llevarse la menor esperanza.

Hafiz permaneció de pie junto a la ventana y contempló a los trabajadores decorando el camino que conducía a palacio. Las banderas celebraban los inminentes esponsales y los vendedores ambulantes ofrecían multitud de recuerdos de la boda.

Deseó poder sentir algo de ilusión por el evento. Quizás si la novia hubiera sido otra... una mujer de cabellos cobrizos y cálida sonrisa. Una mujer a la que amaba y que lo amaba a él.

–¿Te lo estás pensando mejor?

Hafiz se volvió al oír la voz de su hermano. Por la

preocupación reflejada en su rostro, se imaginó el aspecto que debía de tener.

Ashraf se acercó por el pasillo con la túnica blanca ondeando al viento. Tenía el aspecto que debería tener un príncipe heredero. Comparado con él, Hafiz se sentía desaliñado con sus vaqueros.

Lo cual no resultaba sorprendente. Ashraf era el hijo perfecto, el príncipe perfecto. Y todo sin esforzarse, mientras que él había fracasado estrepitosamente.

Su hermano menor abrazaba las tradiciones, pero él siempre las cuestionaba. Hafiz siempre había sentido la tentadora llamada del mundo más allá de la frontera del sultanato, pero Ashraf prefería quedarse en casa. Hafiz era incapaz de resistirse a los encantos de las mujeres menos apropiadas, mientras que su hermano, que se supiera, vivía como un monje sin permitir que nada le distrajera de su función como heredero. Algún día sería el sultán que su pueblo necesitaba. Rudaynah iba a estar en buenas manos con Ashraf ocupando el trono.

—Estaba pensando en otra cosa –mintió Hafiz.

—Más bien en alguien, una mujer –adivinó Ashraf–. Y por tu mirada, no es la mujer con la que estás a punto de casarte.

—Se llama Lacey Maxwell –Hafiz asintió.

—¿Quién es? –el rostro de su hermano no reflejó ningún reconocimiento.

—Es mi... –¿amante? El término le disgustaba. Cierto que ese había sido el estatus de Lacey, pero no había sido un mero juguete sexual. La etiqueta de amante no describía su espíritu generoso o su mente inquisitiva. Ni explicaba lo importante que había sido en su vida.

—Es tuya –observó Ashraf.

—Debería ser ella mi desposada –pronunciar las palabras resultaba doloroso. Nunca se las había dicho a Lacey y ya era demasiado tarde, aunque...

–Conozco esa mirada –continuó su hermano–. Sea lo que sea lo que estés pensando, olvídalo.

–Tú no sabes todo lo que pasa por mi cabeza –gruñó Hafiz.

–Si te echas atrás con la boda lo perderás todo –Ashraf agarró a su hermano del brazo.

–Ya lo he perdido todo –contestó él convencido de los poderes clarividentes de su hermano.

–No es cierto. Son solo los nervios de última hora –insistió Ashraf–. Cásate con la mujer elegida por el sultán y mantén a esa Lacey Maxwell en la retaguardia.

–No, ella se merece algo mejor. Debería ser ella quien portara mi apellido. Ya no quiero seguir ocultando mis sentimientos hacia ella.

–Escúchame, Hafiz, voy a darte un consejo, aunque vaya en contra de mis propios intereses. Si sigues adelante con la boda, serás de nuevo el príncipe heredero.

–¿Todo el mundo está al corriente del acuerdo? –preguntó Hafiz tras un incómodo silencio–. No te preocupes, Ashraf, conociendo al sultán, encontrará algún motivo para que eso no suceda.

–Qué típico de ti –murmuró su hermano–. Siempre piensas que alguien va a traicionarte.

–Soy cauteloso –le corrigió Hafiz–. Cuanto más conozco de este mundo, y cuanto más entiendo a sus gentes, más cauteloso me vuelvo.

–Eso no debería incluir a tu familia –el rostro de Ashraf se ensombreció–. A pesar de lo que crees, no te traicioné al convertirme en príncipe heredero. Tenía que asegurar la sucesión.

–No te culpo a ti por ello –Hafiz retrocedió, estupefacto ante la expresión de culpabilidad de su hermano–. Me culpo a mí mismo. Siento que te vieras arrastrado a esto. En realidad... –hizo una pausa–, tú fuiste el principal afectado por todo lo sucedido.

–Pero ahora tienes la oportunidad de redimirte y reclamar el título de príncipe heredero.

–Puede que no lo quiera. Puede que haya encontrado algo mejor.

–¿El título de esposo de Lacey? –preguntó Ashraf incrédulo.

No era merecedor de ese título. Había defraudado a Lacey demasiadas veces, pero estaba dispuesto a dedicar el resto de su vida a ganarse el derecho a vivir a su lado.

–Estás muy cerca de recuperar tus derechos de nacimiento. No lo estropees ahora.

–A veces creo que nunca fue mi destino gobernar Rudaynah.

–¿Qué te ha pasado? –insistió Ashraf–. No eres tú quien habla. Es Lacey.

–Quizás mi destino solo fuera ostentar el título de príncipe heredero temporalmente –Lacey le había hecho ver el mundo de otra manera. Le había enseñado lo que verdaderamente importaba.

–¿Lo dices en serio o estás intentando convencerte a ti mismo para rendirte de nuevo? –su hermano lo miró con expresión de sospecha.

–Te estaba guardando el título hasta que estuvieras preparado.

–Naciste príncipe heredero –la voz de Ashraf se elevó, cargada de rabia–. Estabas destinado a cuidar de este país, del mismo modo que estabas destinado a casarte para cumplir con tu deber.

–Me caso mañana –pronunció Hafiz con amargura.

–Si no te casas, serás exiliado de por vida –su hermano lo observó atentamente.

Hafiz dio un respingo y levantó el rostro hacia la fresca brisa. Respiró el aroma de las palmeras y la arena calentada por el sol y sintió su sangre de beduino. Abrió los ojos y contempló las lejanas dunas, sintiendo una profunda conexión con sus ancestros.

–Cásate con la mujer elegida para ti –Ashraf lo sacudió con firmeza por los hombros–. Estabas dispuesto a hacerlo. ¿Qué ha cambiado?

–Descubrí lo que sería la vida sin Lacey –la vida sin ella lo estaba destrozando lentamente.

Hafiz volvió su atención al horizonte, preguntándose dónde estaría. Se había desvanecido, enviándole un claro mensaje: «No me sigas. No me busques. Sigue adelante con tu vida».

–¿Tienes idea de lo que sería la vida lejos de Rudaynah? –preguntó Ashraf.

Vivir alejado de la tierra que amaba sería una desgracia. Por mucho que hubiera disfrutado con sus viajes, su corazón siempre oía la llamada de su pueblo. A veces lo hacía en forma de canción atormentada, otras como el estruendo de los tambores tribales.

–Ya he vivido en otros lugares –contestó Hafiz al fin.

–Pero siempre sabiendo que podrías regresar cuando quisieras –observó Ashraf.

Hafiz cerró los ojos y dejó caer los hombros. ¿Se equivocaba al contemplar la vida con Lacey cuando era evidente que había seguido su vida sin él? ¿Era una estupidez esperar lo imposible o se estaba poniendo a prueba su fe en el amor?

–Pase lo que pase, eres mi hermano y eso nunca cambiará.

Hafiz respiró hondo embargado por la emoción. Ashraf nunca sabría lo importantes que eran esas palabras para él . Dio un paso al frente y lo abrazó.

–Y, cuando yo reine –le prometió el joven–, te recibiremos en Rudaynah con los brazos abiertos.

–Gracias –murmuró él hundiendo el rostro en el hombro de su hermano.

–Sin embargo, nuestro padre podría reinar durante años –Ashraf miró a Hafiz a los ojos–. Décadas incluso. ¿Estás dispuesto a arriesgarte a vivir en el exilio tanto tiempo?

–No lo sé –Hafiz comprendió que no podía responder a esa pregunta. ¿Qué decía eso de él y la fuerza de su amor por Lacey?

–Rudaynah forma parte de ti –le recordó su hermano–. Eso no puedes negarlo.

–Pero Lacey también forma parte de mí –negarlo sería negar al hombre que era, que podría ser.

–Entonces, tienes veintidós horas para decidir de cuál de los dos puedes prescindir –Ashraf apretó los labios–. Porque esta vez, hermano, no tendrás una segunda oportunidad.

Capítulo 14

EL ELEGANTE salón parecía pertenecer a otra galaxia comparado con los clubes nocturnos de su pasado. Ella misma parecía estar en otra galaxia, decidió Lacey mientras los dedos volaban por el teclado del piano. Estambul era una ciudad culturalmente muy diversa, pero no era su hogar.

«Hogar». La joven sacudió la cabeza. Una palabra sencilla, pero de complejo significado. Saint Louis no había sido su hogar. Tampoco Abu Dhabi, aunque allí sí tenía amigos, pero tampoco tenía la sensación de haber pertenecido a ese lugar.

Había optado por instalarse en Estambul porque estaba a medio camino entre su mundo y el de Hafiz. Había intentado asimilar los cambios, pero sentía la pérdida de todo lo que le era familiar. De todo lo que había dejado atrás.

El único lugar en el que se había sentido en paz había sido en el apartamento de Rudaynah. Lacey no comprendía por qué echaba tanto de menos ese lugar. Allí había vivido oculta y aislada. Ni siquiera había podido contar con tener cubiertas las necesidades básicas. Vivir en el sultanato le había resultado difícil, pero el apartamento había sido el único lugar en el que Hafiz y ella habían podido estar juntos.

Se preguntó qué habría pasado con la casa. Hafiz seguramente se habría deshecho de ella. Ya no necesitaba un escondite, puesto que iba a vivir en palacio con su esposa.

Lacey detuvo los dedos sobre el teclado mientras la asaltaba el dolor. Pero al imaginarse a Hafiz recién casado, reanudó el recital a un ritmo mucho más intenso.

Las últimas noticias que había tenido de Rudaynah hablaban de los preparativos de la boda. Después había dejado de buscar información sobre el sultanato. Poco importaba que la boda fuera concertada o si la novia era incompatible, el príncipe haría todo lo necesario para que el matrimonio funcionara, incluso renunciar a la mujer que amaba.

La última nota arrancó el aplauso del público y un camarero se acercó al piano.

–Una petición –con gran floritura, le mostró la bandeja de plata.

La rosa de Damasco sobre la tarjeta de color crema llamó de inmediato su atención. La visión de la flor fue como un puñetazo en el estómago. Era idéntica a las que solía enviarle Hafiz.

Lacey tragó nerviosamente y, con manos temblorosas, se la llevó a la nariz antes de tomar la tarjeta.

Cerró los ojos con fuerza y los volvió a abrir. Perpleja, contempló la escritura de Hafiz.

No podía ser. Le parecían los garabatos del príncipe solo porque estaba pensando en él. Siempre estaba pensando en él. Sin embargo, la canción solicitada era la que Hafiz siempre le pedía que tocara. Era su canción.

El entrechocar de las copas estalló en sus oídos. El murmullo de diferentes idiomas resonó en su cabeza. Se humedeció los resecos labios con la punta de la lengua.

–¿Quién te ha dado esto? –preguntó con voz ronca, paralizada por la impresión.

–Ese hombre.

A Lacey le dio un vuelco el corazón y la sangre rugió en sus oídos. Por el rabillo del ojo miró en la dirección que señalaba el camarero, hacia una ventana que ofrecía una impresionante vista del Bósforo.

–Bueno, el hombre que estaba allí hace un segundo.

La joven se tensó mientras el pulso continuaba su acelerado ritmo. ¿Había sido Hafiz? De ser así, ¿por qué se había marchado en cuanto la había encontrado? ¿Había cedido a la tentación de verla una vez más para luego pensárselo mejor? A pesar de desear que se mantuviera lejos de ella, no pudo evitar sentir una punzada de remordimiento.

Lacey miró a su alrededor. No entendía cómo había podido encontrarla. Creía haberse asegurado de que fuera imposible seguirle la pista, pero no había tenido en cuenta que el príncipe nunca se rendía ante un desafío. Cuanto más difícil fuera la prueba, más decidido se mostraba.

Volviendo la atención a la rosa, pensó que jamás volvería a saber de Hafiz. Ella había sido su vicio, lo único que le impedía alcanzar sus metas. Hiciera lo que hiciera, nunca podría satisfacer sus necesidades.

Nunca había estado tanto tiempo sin verlo, y sabía que el motivo era la inminente boda. Le había resultado ridículamente sencillo evitar toda noticia sobre el sultanato. Le habría resultado imposible contemplar las fotos de la boda, compararse con la elegida. Pero ¿por qué la seguía buscando? ¿Tan fuerte era la atracción?

Lacey aspiró el delicado aroma mientras revivía todo lo sucedido desde el instante en que Hafiz había irrumpido en su vida hasta que ella lo había abandonado.

Con dedos temblorosos, dejó la rosa sobre el piano, incapaz de soportar el dulce dolor del recuerdo.

De nuevo posó la mirada sobre la tarjeta y se estremeció ante el título de la canción. La letra reflejaba lo que había sentido por Hafiz, por ellos. Había depositado tanta fe en su amor... Había creído que todo era posible.

Pero en esos momentos sabía que no era así. Lacey

quiso arrugar la tarjeta, arrojarla lejos. Conocía la canción de memoria, se la había cantado a su príncipe infinitas veces, pero ya no se sentía capaz de interpretarla. Encerraba las reminiscencias de sus días de inocente despreocupación. Era un testamento de su ingenuo amor.

Además, todavía amaba a Hafiz, y eso sí daba una idea de su ingenuidad. A pesar de ser un hombre prohibido, casado y fuera de su alcance, aún lo amaba.

De hecho, su amor era más fuerte que la primera vez que había interpretado esa canción. Un amor, quizás, tan magullado como su corazón, pero sus sentimientos habían alcanzado una profundidad que ni siquiera se habría imaginado un año atrás.

Lacey se detuvo con los dedos curvados sobre las teclas de marfil. No podía tocar. No en ese momento, no en ese lugar. Esa canción era solo para él, no para un salón repleto de extraños. Solo desnudaría su alma ante Hafiz.

No iba a tocar la canción, decidió, a pesar de la petición. Aunque estuviera allí mismo, no iba a ceder. Iba a interpretar otra canción, una con un mensaje totalmente diferente, pero que aun así encerrara un claro recuerdo. La canción que había estado tocando cuando se conocieron.

Su determinación disminuyó con los primeros acordes. Sintió el impulso de detenerse, pero una profunda necesidad arrolló su tristeza, guiándola. La grave voz surgía de la ronca garganta, quebrándose de vez en cuando por la emoción. Lacey cerró los ojos, luchando por contener las lágrimas mientras la última nota resonaba en el salón, llevándose con ella sus escasas fuerzas.

Mientras estallaba un entusiasta aplauso, que a ella le pareció muy lejano, sintió una sombra a su lado. Instintivamente se quedó paralizada. Sabía a quién pertenecía esa sombra mucho antes de percibir el familiar olor a madera de sándalo.

No quería levantar la vista. No era lo bastante fuerte para ver a Hafiz y tener que dejarle marchar nuevamente, pero tampoco lo era para negarse una última mirada.

Poco a poco abrió los ojos y vio los exclusivos zapatos de cuero sobre la alfombra persa. Sintió una opresión en el pecho mientras la mirada se deslizaba por los pantalones negros. Recordaba cada centímetro de Hafiz. La corbata de color carmesí descansaba sobre el musculoso torso, y el traje abrazaba los fuertes hombros.

Se le aceleró el pulso cuando al fin se atrevió a contemplar los duros rasgos del amado rostro. Sus miradas se encontraron y sintió toda la fuerza del magnético poder estallar sobre ella.

La esperanza y la desolación escaparon del maltrecho corazón.

Hafiz.

–¿Qué haces aquí? –preguntó con voz ronca.

–¿Por qué no has interpretado mi petición? –preguntó él con dulzura.

Lacey se mordisqueó el labio inferior. No había esperado tanta ternura. La reticencia que mostraba Hafiz le sorprendía, en realidad, le preocupaba. ¿Dónde estaba el hombre primitivo que siempre la reclamaba como suya?

Se estremeció al recordar cómo había malinterpretado sus intenciones la última vez que la había encontrado. No iba a volver a repetir el mismo error.

–Esa no es una respuesta.

Hafiz la incomodaba con la intensa mirada. De repente, el sencillo vestido negro le pareció demasiado estrecho y la sedosa tela le arañaba la sensible piel.

–¿A qué hora es tu descanso? –preguntó él.

–Ahora –Lacey cerró el piano y se puso bruscamente en pie. ¿Cómo iba a poder seguir tocando con él tan cerca? Le daba igual recibir una reprimenda del jefe–. ¿Qué haces aquí? –insistió.

–He venido a por ti –el príncipe enarcó las cejas.

Lacey dio un traspié al oír las palabras que tanto ansiaba escuchar. Sin embargo, había aprendido. Tenía que haber algo más. Reanudó la marcha, seguida de cerca por Hafiz.

–Hafiz, ya hemos pasado por esto –observó, orgullosa por el tono de firmeza que había surgido de algún lugar–. No voy a estar disponible cada vez que aparezcas. No soy un revolcón de una noche. Y no me acuesto con hombres casados.

–No estoy casado.

–¿Qué? –Lacey se volvió bruscamente–. ¿Cómo es posible?

–¿Por eso no has interpretado mi petición?

–No –la rosa estaba a punto de desintegrarse y ella la agarró con más suavidad–. ¿Por qué no estás casado? Se suponía que la boda era después del Eid.

–Me negué –una sombra asomó a los oscuros ojos y Lacey tuvo la impresión de que no le había resultado tan fácil como intentaba aparentar.

–¿Cuándo? ¿Por qué? No lo entiendo. Tenías que casarte. No tenías alternativa.

–Encontré el modo –Hafiz agachó la cabeza–. ¿Por qué no has interpretado mi petición? –estaba tan cerca que ella sintió estallar la emoción en sus venas–. ¿Es porque creías que estaba casado?

Lacey se detuvo frente a la entrada del salón y se cruzó de brazos. Hafiz no se había casado. El inmenso alivio que sintió fue barrido, sin embargo, por una profunda tristeza. Llegaría el día en que Hafiz tendría que casarse, y ella no sería la novia.

–¿Te has olvidado de la letra de la canción? –insistió él–. ¿Igual que intentaste olvidarte de nosotros?

–No lo entenderías –contestó ella al fin, indecisa sobre si sería acertado dar demasiada información.

–Eso tú no lo sabes –Hafiz apoyó una mano en la cadera de Lacey.

Lacey se puso tensa. El contacto estuvo a punto de hacer que perdiera la compostura y tuvo que luchar con todas sus fuerzas contra el impulso de apretarse contra él y dejarse llevar.

–Ya no toco esa canción –explicó tras aclararse la garganta–. Me recuerda cuando estábamos juntos.

–¿Lamentas lo que teníamos? –Hafiz deslizó los dedos por la espalda de Lacey–. ¿Lamentas haberme amado?

–Ya te he dicho que no lo entenderías –Lacey emitió un sonoro suspiro. Nada podría estar más lejos de la verdad. En cierto modo, su vida sería mucho más fácil si lamentara todo aquello.

Dándose media vuelta, se dispuso a marcharse, pero no había llegado muy lejos cuando él la empujó contra una columna de alabastro. La rosa de Damasco cayó a la alfombra de color champán mientras Hafiz la sujetaba con fuerza y la taladraba con la mirada.

–Pues haz que lo comprenda –rugió.

–Ya no toco esa canción porque habla de ti –Lacey desvió la mirada hacia el piano–. De cómo cambiaste mi vida, de cómo me cambiaste a mí. De lo mucho que significas para mí y a lo que estaría dispuesta para conservarte a mi lado. Y por eso es una canción que solo te pertenece a ti.

–Ah... –Hafiz se irguió y apartó las manos de la columna de alabastro.

–¿Ah, qué? –Lacey frunció el ceño ante la repentina retirada. Había admitido más de lo que quería y esa había sido la respuesta recibida–. Sabía que no lo entenderías.

–Lo entiendo perfectamente –lentamente se formó una sonrisa en los labios del príncipe–. Así me siento yo al darte esto.

Ella observó con creciente terror cómo Hafiz se quitaba el anillo real del dedo. El oro atrapó la luz y Lacey lo miró fijamente, incapaz de reaccionar hasta que él le agarró la muñeca.

–¿Qué haces? –preguntó mientras cerraba el puño con fuerza. Escandalizada, intentó mantener el brazo pegado a la columna.

–Te ofrezco mi anillo –con suma facilidad, él le apartó la mano de la columna.

Los nudillos de Lacey palidecieron. No iba a permitírselo. Conocía las reglas, pero solo alcanzaba a imaginarse las consecuencias de romperlas.

–Pero... pero se trata del anillo real –gesticuló con fuerza–. Solo alguien nacido con sangre real puede llevarlo.

–Y –Hafiz le acarició los dedos mientras los estiraba delicadamente–, estoy autorizado a entregárselo a la mujer con la que deseo casarme.

Lacey lo miró boquiabierta, con las uñas clavándosele en la palma de la mano.

–¿Casarte?

–Sí –el príncipe mantuvo la mirada fija en los ojos azules–. Cásate conmigo, Lacey.

–Yo, yo... –balbuceó ella incapaz de conectar dos palabras juntas mientras el corazón se le estrellaba dolorosamente contra las costillas–. No puedo.

–¿Por qué no? –Hafiz no parecía decepcionado. Su seductora voz indicaba que estaba dispuesto a contraatacar. Y a ganar.

Lacey mantuvo la vista fija en el anillo. Parecía grande y pesado. Ese anillo pertenecía al dedo de Hafiz, no al suyo.

–Mis orígenes no son los adecuados –balbuceó ella, muy consciente de sus carencias.

–No estoy de acuerdo –protestó Hafiz–. Tú eres toda la familia que necesito. Juntos construiremos el hogar que siempre hemos deseado.

Un hogar que le entregaría a su amada. Iba a mostrarse atento y protector. Iba a hacer todo lo que estuviera en su poder para que ella se sintiera segura y a salvo.

Lacey se sintió flaquear, pero sabía que no podía permitir que ocurriera. Tenía que mantenerse fuerte, lo bastante fuerte para ambos.

–No soy más que tu amante.

–Eres mi vida –la corrigió él con voz ronca–. Cásate conmigo.

–No puedo casarme contigo –la firmeza de su manifestación quedó reducida a un gemido. Frunció el ceño y lo intentó de nuevo–. No puedo regresar a Rudaynah.

–Yo tampoco –el príncipe le tomó las manos a Lacey.

–¿Qué? –ella lo miró perpleja. ¿Hafiz no podía regresar a Rudaynah? ¿De qué estaba hablando?

–Me han exiliado –Hafiz interrumpió el contacto visual y frunció el ceño–. De por vida.

–¿Por qué? –exclamó Lacey, aunque instintivamente conocía la respuesta–. ¿Por mi culpa? –las lágrimas le quemaban los ojos y la garganta, y estaba a punto de derrumbarse sobre el suelo.

–Porque me negué a renunciar a ti de nuevo –le explicó el príncipe con la voz cargada de emoción–. Me dieron a elegir: o me quedaba en mi tierra o me marchaba contigo. Te elegí a ti.

Hafiz la había elegido. Había renunciado a todo lo que deseaba por ella. Sin embargo, Lacey no se sentía feliz, se sentía fatal y tuvo que luchar contra el sollozo que se alojaba en su garganta.

–No deberías haber hecho eso.

–No quiero vivir en Rudaynah si no puedo tenerte a mi lado.

–Eso lo dices ahora, pero algún día... –ella deseaba estar con Hafiz, pero no a costa de que renunciara a todo.

–Me niego a seguir ocultando mis sentimientos hacia

ti, Lacey –él la miró con determinación–. No tengo nada de lo que avergonzarme.

–¿Cómo puedes decir eso? Después de todo lo que has hecho no has obtenido el respeto que te mereces. Tu padre te ha enviado al exilio –Lacey dio un respingo al pronunciar las palabras. Sabía lo importante que era el estatus para su príncipe.

Ella también lo había sacrificado todo, pero no había sido capaz de darle a Hafiz lo único que necesitaba. El príncipe no se había redimido a los ojos de su familia. Jamás recibiría el reconocimiento que se merecía.

Lacey se cubrió el rostro con las manos. No le gustaba lo que estaba sucediendo. Había hecho todo lo posible por evitar que Hafiz perdiera el mundo por el que tanto había luchado.

–Hafiz, no puedes renunciar a ser príncipe –le suplicó–. Ni por mí ni por nadie. Es lo que tú eres.

–No, no lo es –Hafiz habló con voz firme–. Yo soy yo, soy quien quiero ser, cuando estoy contigo.

–¡No, no...!

–Solo estoy vivo de verdad cuando estoy contigo –insistió él mientras la agarraba de las muñecas y le obligaba a bajar las manos–. No soy yo mismo cuando no estás conmigo. Te amo, Lacey.

–No puede ser –las lágrimas le anegaban los ojos a Lacey–. Es imposible.

–Lo único que sé es que este anillo te pertenece a ti –Hafiz le tomó el rostro entre las manos.

–Hafiz... –ella sacudió lentamente la cabeza y abrió desmesuradamente los ojos cuando él apoyó una rodilla en el suelo.

–Lacey Maxwell, ¿me harías el honor de convertirte en mi esposa?

Epílogo

LACEY, ¿dónde estás? –Hafiz miró a su alrededor en el salón del trono abarrotado de dignatarios y vio a su esposa, agazapada entre las sombras. Los diamantes que adornaban sus cabellos lanzaban destellos bajo la luz de la lámpara de araña.

El pecho del príncipe se hinchió de orgullo al verla avanzar entre el mar de vestidos de seda y uniformes militares. Hombres de estado y miembros de la alta sociedad inclinaron las cabezas a su paso, pero él solo tenía ojos para su esposa.

Era increíble cómo el regio porte de Lacey ocultaba su apasionada naturaleza. Solo de pensar en ello, sintió deseos de hundir los dedos en los cobrizos cabellos y deshacer el sofisticado moño. El caftán de tafetán rosa bordado con perlas se abrazaba a las delicadas curvas y él se sentía cada vez más excitado.

–La coronación está a punto de comenzar –le informó Hafiz tomándola de la mano.

–Estoy segura de que el visir dijo que no debería estar aquí –la tímida sonrisa de Lacey provocó una sacudida en el corazón del príncipe.

–Estás exactamente donde deberías estar –Hafiz tomó nota mentalmente de proporcionarle al consejero una aclaración más explícita del nuevo protocolo. Nadie iba a esconder a su esposa. Nadie iba a separarle de su mujer.

Las primeras notas de la marcha real llenaron el salón del trono y Hafiz se sintió exultante. Faltaba muy poco para que Ashraf fuera coronado sultán y entonces su hermano y él podrían llevar a Rudaynah a su pleno esplendor. Los planes que había estado desarrollando durante años por fin iban a poder ponerse en práctica.

–Te arrepientes de... –Lacey echó una ojeada al trono vacío.

–No, tengo todo lo que deseo –él sacudió la cabeza.

Y, sobre todo, tenía a Lacey. Compartía su vida con la mujer que amaba y en quien confiaba.

Lacey también le había ayudado a comprender que no necesitaba un título para ocuparse de su pueblo. En realidad, resultó ser mucho más eficaz sin la carga del protocolo de palacio. Durante los últimos años habían viajado por todo el mundo promocionando el sultanato de Rudaynah.

Y tras la muerte de su padre, Hafiz tenía permiso para regresar a Rudaynah cuando quisiera.

El regreso a casa había resultado agridulce, pues Hafiz se había sentido un extraño en su propio país hasta que Lacey le había llevado a las dunas, convencida de que en cuanto visitara el desierto, volvería a conectar con su tierra.

Los labios de Hafiz dibujaron una traviesa sonrisa al recordar cómo habían pasado las frías noches del desierto. Su mente vibró de anticipación mientras apoyaba una mano sobre la tripa de su esposa. Su primer hijo había sido concebido en Rudaynah.

–¡Para! –Lacey abrió los ojos desmesuradamente e intentó apartar la mano de su marido–. El anuncio formal no se realizará hasta final de mes. La gente empezará a especular.

–Déjales que hablen –Hafiz se agachó y le besó dulcemente los labios.

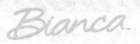

No sabía si su corazón sería capaz de soportar vivir con un hombre
que tal vez nunca le correspondería

La noche en que Rose Pal-
mer conoció al enigmático
magnate italiano Dante For-
tinari se olvidó de toda pre-
caución... ¡y dejó que la me-
tiera en su cama! Pero a la
mañana siguiente Dante se
había ido y Rose se quedó
sola, con el corazón roto... y
embarazada.

Dos años después, Rose se
encontró cara a cara con el
padre de su hija y fue incapaz de ocultar por más
tiempo la verdad de lo sucedido aquella noche. Había
supuesto que Dante se en-
fadaría... ¡pero lo último que
había esperado era que le
exigiera casarse con él!

La noche
en que nos conocimos

Catherine George

Acepte 2 de nuestras mejores novelas de amor GRATIS

¡Y reciba un regalo sorpresa!

Deseo

DESEOS DEL PASADO

KAT CANTRELL

Cuando Michael Shaylen recibió la custodia de un bebé, acudió a la única mujer que podía enseñarle a ser padre, su examante y psicóloga infantil Juliana Cane, y le hizo una proposición: dos meses de educación infantil a cambio de ayudarla en su carrera.

Juliana aceptó y, de repente, se encontró con lo que más deseaba en el mundo: un hogar, un niño y Shay. Pero aquella situación era solo temporal, pues a pesar de la pasión que los consumía a ambos, había sobrados motivos para que Juliana se marchara.

¿Y si todo podía ser maravilloso?

¡YA EN TU PUNTO DE VENTA!

Bianca

**Estaba a las órdenes de aquel hombre,
pues él la había comprado...**

Anton Luis Scott-Lee tenía
que casarse con la mujer
que tan cruelmente lo había
rechazado hacía años. Pero
la venganza iba a ser muy
dulce...

Cristina Marques no tenía
otra opción que acceder a
casarse con Luis; su ayuda
económica era la única manera de salvar su querida
Santa Rosa. Pero Luis no
tardaría en descubrir que su
flamante esposa no podía o
no quería cumplir con todos
los votos matrimoniales...

HARLEQUIN *Bianca*

Michelle Reid
Herencia de pasiones

Herencia de pasiones

Michelle Reid